草木集

草木生灵绘　草木生活记　草木哲思录

［日］柳田国男 等 著

范芸 译

九州出版社
JIUZHOUPRESS

图书在版编目（CIP）数据

草木集 ／（日）柳田国男等著 ；范芸译. -- 北京 ：
九州出版社，2025. 7. -- ISBN 978-7-5225-3980-5

Ⅰ. I313.64

中国国家版本馆CIP数据核字第2025UW3376号

草木集

作　　者	〔日〕柳田国男 等 著　范芸 译
选题策划	李晨昊
责任编辑	于善伟
封面设计	吕彦秋
出版发行	九州出版社
地　　址	北京市西城区阜外大街甲35号（100037）
发行电话	（010）68992190/3/5/6
网　　址	www.jiuzhoupress.com
印　　刷	鑫艺佳利（天津）印刷有限公司
开　　本	880毫米×1230毫米　32开
印　　张	10
字　　数	170千字
版　　次	2025年8月第1版
印　　次	2025年8月第1次印刷
书　　号	ISBN 978-7-5225-3980-5
定　　价	78.00元

出版说明

本书共计收录柳田国男、种田山头火、牧野富太郎、薄田泣董等14位作家的22篇文章，横跨明治、大正、昭和三个时代，以百年时光为经、草木哲思为纬，编织出一幅东方自然美学的绮丽长卷。全书以"草木生灵绘""草木生活记""草木哲思录"三卷构筑起自然、生活与哲思的立体维度，围绕各类草木植株展开诗意隽永的观照，既有学者采撷楤木新芽的野趣实录，亦见诗人在寒蝉枯草间体悟的侘寂真意，更蕴含哲人透过朝颜夕荣窥见的生命轮回。百余幅匠心绘制的日式草木插画与文字交相辉映，与文本形成跨越时空的美学对话，引领读者步入物哀美学的幽玄之境。

九州出版社

目 录

卷　二

草木生活记

卷　三

绿意未央年

巻

一

种田山头火[1]

草、昆虫及他物

1　种田山头火：1882—1940，日本俳句诗人，本名种田正一，著有《草木塔》《山行水行》等。

朴素的壶里插满了茅草，杂乱无章的茅草之间，飘浮着日式审美的单纯和深度。一眼看去没有任何奇特之处，却蕴含着深远的韵味。

不知从何时、从何地起，秋来了。今年秋天似乎来得特别早。

白天被寒蝉的鸣叫声包围，晚上则被日本纺织娘[1]的叫声吵得心烦意乱。但不知不觉中这些声音也逐渐消失了，现在是蟋蟀的世界。蟋蟀开始歌唱，云斑金蟋[2]也加入进来，还有牛头伯劳鸟[3]和夜鹭[4]的叫声，有时还会听到人们高呼"万岁"，夜里，某位人家里的收音机中传来断断续续的声响。

柿子叶像其他秋日里的红叶一样，变色后掉落了下来。果实也落下了，这一举动使周围的静谧愈发沉静了。

蚊子和苍蝇则非常敏锐，例如黑斑蚊不动声响便肆意地叮咬人类。虽然几乎见不到苍蝇，但外出时总会引来两三只跟在身旁。偶尔有人来访时，也会无意中从外面带来几只。苍蝇们能够感知到苍蝇拍的存在，当它们感应出挥手拍击的动作时，会迅速逃命。短命的昆虫们啊，当死亡时刻来临，拼命挣扎，亦无可厚非。

1　日本纺织娘（Mecopoda niponensis）：螽斯科下的一种昆虫。本书注释均为译者注。

2　云斑金蟋（Xenogryllus marmoratus）：别名南金钟、褐色灌丛蟋、金蟋、宝塔蛉。

3　牛头伯劳鸟（Lanius bucephalus）：伯劳科伯劳属的一种鸟类，俗名红头伯劳。日本有"百舌""百舌鸟"等别称。

4　夜鹭（Nycticorax nycticorax）：又称黑顶夜鹭，是鹭科夜鹭属的一种。

柿

甲申菊月十二一日寫

龍膽

说起对季节变化最敏感的生物，植物当属草，动物是虫，人类则当属独行者、旅者和穷人（这样说来，我也像草和虫一样吧！）。

蝗虫成群飞舞，田间小路热闹非凡。与此相比，红蛙则始终孤独地跳着，只见它从草丛中跃起，跳跃高度极高，令人惊异。

一只红蛙，跳跃而起。

蚂蚁们勤恳地进行着最后的劳作，有时在桌子上行军，有时则袭击我的卧榻，虽然这让我困扰，但也让我自勉，使我勤劳。

最惹人厌的是蚜虫。许是因为此庵中空无一物，没有食物吧，它们见到什么都想舔舐。它们甚至在我从朋友那里借来的书之封面上分泌出汁液，于是我不得不向朋友赔礼道歉。

"世上再无他物如蚜虫般粗鄙不堪。既不惹人怜爱亦无自尊，仿佛一位褴褛的妇人，身着油污斑斑、破旧的睡衣，难看极了。[1]"古人如是说。

蚜虫啊，并非单我一人埋怨，你莫气我、莫恨我。

龙胆草作为草药，被视为调整肠胃的珍宝，它真

---

1 此句出自《风狂文章》，江户时代的俳句集之一。据说由田中朋美于1745年编纂，将俳句解构为粗俗幽默的表现方式呈现给读者。该作品以诙谐的方式描写了远离高雅的朴素题材，表达了知识分子强烈的自我意识。

胡枝子

丙戌菊月呂十五
七月再寫

花艸

曼朱沙花

甲申南昌廿有九日
園甫真写

白茅

乙酉年春三月未八日臨圖
摹寫望生

鴨跖草

三種壬午林鐘寫

芋

乙酉神水十五日
月菜屋寫

是一种谦逊的草啊。像娇小的梅花一般的红色小花，非常可爱。一位写俳句的友人来访时，偶然发现了它，并为孩子们摘了几朵，此情此景温暖极了。

龙胆草，悄悄绽放了。

胡枝子花¹渐渐开始绽放，彼岸花也开了。荻花被称为"尘"，虽然不像彼岸花那样娇媚，但也有着一种无法舍弃的魅力。每次看到胡枝子花，我总是想起一位故人——翁君²，他的名句曾说，"偶有人来访，胡枝子花飘零纷纷。"时光流逝，这样的诗句依然打动我心。

今日天气晴朗，我受这好天气所邀，到附近散步，并采集了一些茅草。

朴素的壶里插满了茅草，杂乱无章的茅草之间，飘浮着日式审美的单纯和深度。一眼看去没有任何奇特之处，却蕴含着深远的韵味。

我们也不能忘记鸭跖草³之美好。每天早晨，碧蓝的天空映衬着碧蓝的花朵，只要它们不妨碍农地里的劳作，就应当小心地呵护它们。

1　胡枝子花(Lespedeza bicolor)：日本七大秋草之一，直立灌木，高1—3米。

2　翁君：此处指内岛北朗，日本昭和时期的俳句诗人和陶艺家。

3　鸭跖草（Commelina communis）：常见于路边阴凉处，花由两片较大的蓝色花瓣和一片较小的白色花瓣组成。

月亮逐渐变得清澈且明亮。随着地里的芋头成熟，毛豆也到了正好吃的时节，月亮也变得更加明晰了。我在夜里易醒，总会在夜里起身赏月。明月下微寒阵阵，月光沁入身心，回忆无止尽地扩散，如同无边无际的苍穹。

"想要一杯酒啊，真想喝一杯。"——在这样的时刻，我忍不住想要饮酒，轻声哼起已故的放哉[1]那寂寥的诗句——"花好月圆之夜，孑然一身，伴月而寝。"

忽然间，我也即兴地想到一句诗句，自然比不过芭蕉[2]。——"家徒四壁，独自一人，赏草间月。"

1　放哉：此处指尾崎放哉（1885—1926），本名尾崎秀雄，日本俳句诗人。
2　芭蕉：此处指松尾芭蕉，日本最负盛名的俳句诗人。

植物
一日一题

牧野
富太郎[1]

1　牧野富太郎：1862—1957，日本植物学家，被誉为"日本植物学之父"，
　著有《植物记》《植物一日一题》等。

忘忧草啊，我想忘却的事有很多，但也有很多不能忘却的人啊。

冬日之美景：交让木

交让木[1]的叶片具有其独特的美。每到冬天，其粗长的叶柄呈现出特殊的红色，显得格外美丽动人。由于其叶片和枝条都是绿色的，所以它红色的叶柄格外地引人注目，人们还总是把交让木联想为冬季里的植物。交让木叶柄的前侧还有一道狭长的纵沟，其叶片质地厚重，表面呈绿色，而背面则是淡绿色的。它的叶子上总是寄生着某种真菌，当人们凑近观察，就会发现叶片上散布着细小的黑点。除此之外，还有一些白色的霉菌菌丝平铺在叶子的背面，看起来像污渍一样。经过一番仔细地观察，我发现交让木十分有趣，值得品味。

交让木之所以被称为"让木"，是因为在冬日来临之后，当旧叶从枝条上脱落后，新叶就会立即在旧叶脱落的位置萌发出来，从而取代旧叶。尽管樟树等植物也有着同样的新陈代谢过程，但其中交让木的交替过程最为明显。

在日本的正月里，装饰交让木之叶象征着"新旧交替"的意思，即父母将家业传给子女，子女再传给

---

1 交让木（Daphniphyllum macropodum）：虎皮楠科虎皮楠属下的一个种。其特点为老叶脱落后会重新生长，就像是在为春天新叶长出时老叶让出自己的位置一样，因此得名。

女贞未是

孙辈……人们以此祈愿子孙后代代代相传，家族永不衰败。

交让木属于大型常绿植物，其叶脉在叶片表面凸起，但其在背面的起伏尤为显著。另外交让木叶片的侧脉众多，呈翅状排列。

将交让木的枝条从树上摘下来，从上往下观察它，会发现它的叶片像车轮一样向四方展开，同时红色的叶柄也向四方分散开来，外周是绿叶，而内侧则是红色的叶柄，特别漂亮，让人目不转睛。

在各地，交让木既有在山中生长的野生品种，有时也会被人们作为庭院树木而种植。其叶柄根据品种的不同，有的呈现淡红色，有的则为淡绿色，这种淡绿色的品种被称为"青交让木"。

方才我提到交让木在正月时期有家族代代相承的寓意而用作装饰，从这点看来，交让木与松、竹、梅一样，都是象征吉祥的树木。

我家的院子里现在就种了两棵交让木，它们的叶片茂盛而美丽，看起来就像是在祝愿人长寿平安一样。

"辛夷"与"日本辛夷"，"木兰"与"紫玉兰"

自古以来，几乎所有的日本学者都毫不怀疑，甚至堂而皇之地以为"辛夷[1]"这个名称所指的植物，就是日本辛夷这个品种。同样地，这些学者也常自信满满地说"木兰"这个名称代表的就是"紫木兰"这种花，实在是贻笑大方。

在日语中，"辛夷"这个名称代表的是原产自中国的特有植物，使用汉字书写，也被称为"木笔花"。而"日本辛夷[2]"则是原生于日本的特有的植物品种，它在中国并不存在，所以使用日语假名而非汉字为其命名[3]。单从这一点出发，就可以得出结论——原产地是日本的植物不可能以汉字固有词"辛夷"为其命名，这个结论是必然的，在这里关于这两种植物的日语名称不能混淆的问题也就迎刃而解了。简言之，在日语中，日本独有的"日本辛夷"应该使用以假名书写的名称，而绝不能将其写作汉字的"辛夷"二字。

1　辛夷：此处作者指的是木兰属植物的通称。
2　日本辛夷（Magnolia Kobus DC.）：木兰科、玉兰属落叶乔木，分布于日本和朝鲜南部。
3　日语的表记符号分为汉字和假名两大类。

木蘭

乙酉夾鐘本音
二月真寫

花木

玉蘭花

丙戌姑洗法有八日
折枝一寫

另外，日语中用假名表示的"紫玉兰[1]"是过去从中国传入日本的落叶灌木种属的庭园花木。很多人以为紫玉兰的日文名称最初来源于"木兰"或"木莲"，但这些说法显然是与事实不符的。中国原本的"木兰花"所指的绝不是这种落叶灌木植物，而这里所说的落叶灌木"紫玉兰"其实正是中文中所说的"辛夷"。因此，在日语中，紫玉兰的汉字名称应当写作"辛夷"，绝不应写作"木兰"。换句话说，日语中所说的"紫玉兰"其实就是中国的"辛夷"——人们口中的"辛夷"即为紫玉兰。

日本的学者们一直没能发觉"辛夷"就是"紫玉兰"，这样的疏忽实在令人愕然。假如这些学者们去阅览《秘传花镜》[2]和《八种画谱》[3]中的图样，便能立即发现真相究竟为何。

那么日本人用"木兰"这两个汉字命名的植物究竟是什么呢？它所指的应该是原生于中国湖北省西部到蜀国四川的一种常绿高大乔木（高五至六丈），据说它

1　紫玉兰（Magnolia liliflora Desr.）：别名木笔、辛夷，中国特有植物。

2　《秘传花镜》：清初康熙二十七年（1688）由陈淏子编撰的园艺书籍。它被认为是中国第一部描述园艺植物栽培的实用书籍。在中国常被称为《花镜》。

3　《八种画谱》：出版于明万历（1573—1619）末年至天启（1621—1627）年间，收录了古代中国八种不同类型的书法和字画，其内容包括唐时七言画谱等。

能开出像莲花一样美丽的花朵，散发出如兰花一般的香气。由于其花心部呈黄色，所以也被称为黄心树（日本的学者将其误认为乌心石[1]）。这种树木的木材可以用来造船，因此产生了"木兰舟"一词。郑樵在《通志略》[2]中《昆虫草木略》记载：木兰又称林兰、杜兰，皮似桂且香，世人传言鲁班曾以木兰造船，至今仍存于七里洲中，凡诗中所咏的木兰舟即是此物。这里所提到的"木兰"无疑是木兰属的一种，但其具体的种名我尚无法考究。

综上所述，关于区分这几种植物的要领如下：

日本辛夷是日本特有的落叶乔木，中国没有这种植物，因此也没有对应的汉字专属名词，把它称为"辛夷"是绝对错误的。

紫玉兰是中国特有的落叶灌木，属于庭园观赏用植物，"辛夷"正是它原本的名称，它绝不能用日语写作"木兰"。

木兰（Magnolia sp.）也是中国特有的常绿大乔木，高度可达数尺，没有对应的日语名称。

---

1 乌心石（Magnolia compressa）：木兰科含笑属的一种常绿大乔木，原生于日本、中国云南东部至南部，以及台湾地区的中低海拔阔叶林。

2 《通志略》：南宋郑樵撰，主要记录了上古至隋唐的各朝典章制度的政书。

野鸦椿 [1]

　　省沽油科中有一种落叶小乔木叫作"野鸦椿"，它一般生长在山地的林木之间，枝条上一对对地长出奇数羽状复叶，散发出一股奇特的气味。秋天果实裂开时，果实的内部也呈现出红色，在红色的外壳之下显露出一两颗黑色种子，非常惹人怜爱。根据《本草纲目启蒙》[2] 记载，除了野鸦椿，还有狐之茶袋、雀之茶袋、梅干树、摘草树、榛子、黑榛、丹木、花木、丹切、黑草木、芝麻树等名称。据说其嫩叶可以食用，但味道不太好。书中还提到，日语中野鸦椿的汉字写作"权萃 [3]"。

　　日本有的本草学者曾经将这种植物与中国的樗（臭椿）相对应，但这是错误的，因为这种植物在中国被称为野鸦椿。但至于为什么从古至今在日本都将这种植物称为权萃，似乎没有任何书籍可供考究，我认为原因可能如下：过去的人们将野鸦椿与樗混为一谈，樗常令人

1　野鸦椿（Euscaphis japonica）：别名酒药花，省沽油科落叶小乔木或灌木。

2　《本草纲目启蒙》：江户时代后期的草药书籍，小野兰山撰写，小野淑子编辑。内容为明代李时珍的《本草纲目》的汇编及相关研究。

3　权萃：此名称来源于日语中一种名为"权瑞"的鱼，学名：Plotosus japonicus，中文译为日本鳗鲇。因为这种海鱼经常会被渔夫的鱼钩捕获，但因为它的鳍有毒，所以它毫无用处，"权萃"即得名于此。

联想"樗栎之材"，意指这样的木材毫无用处。而古人们误认为这种植物就是樗，所以将其命名为无用之树，即"权萃"。

那为什么这种无用武之地的植物会被日本人称为"权萃"呢？其实，这个名称来源于一种同样毫无用处的鱼，人们有可能将这种鱼的名字的谐音用来命名这种同样是毫无用处的植物了吧。关于这种鱼，它属于鳗鲇科，是一种体形较小的海鱼，体长仅为数寸，身体细长，口部有八根长须，体色青黑，两侧各有两条黄色横线贯穿头尾。它的背鳍和胸鳍有尖刺，被刺到后令人疼痛不已，因此人们并不喜爱这种小鱼，只有生活在海边的渔民们偶尔会将其食用。由于这种鱼小且无用，它们甚至不会被带到江户的鱼市场上出售，因此也被称为"未见江户[1]"。在某些地区，这种鱼也被称为"kugu"或"gugu"（音译）。然而，至于"权瑞"一词的词源则完全不明，故其含义尚难以确认。

1　未见江户：指从未到江户城见过世面，没有出人头地。

滨萱草 [1]

有一种叫作"滨萱草"的萱草属植物，广泛分布于日本沿海的岩石滩和悬崖地形之中。每逢夏季和秋季，它们就会从叶中伸出长长的茎，开出橙黄色的花朵，在日间绽放，随海风摇曳。花谢之后一般会结出果实，果实裂开之后再露出黑色种子，当然它们也属于宿根植物 [2]。

滨萱草在外形上看来叶子与野萱草 [3] 十分相似，叶片的形状狭长且数量众多，叶子的颜色则不像南蛮萱草 [4] 那样泛白，叶质也不像南蛮萱草那般坚韧，叶子和花瓣的形状也不像南蛮萱草的那样宽阔，所以二者有着明显的区别。此外，南蛮萱草的叶子在冬季来临时，下面的部分会保持着绿色的生机。而滨萱草的叶片则会在冬季完全枯萎，这一点与野萱草及重瓣萱草 [5] 完全一致，

---

1 滨萱草：分布于日本分布于西浦半岛、渥美半岛等海岸附近的萱草属植物，由本文作者命名并赋予其学名"Hemerocallis littorea Makino"。暂无正式中文译名，日语中称为"滨萱草"。

2 宿根植物：多年生植物，其地上部分在不适合生长的时期枯萎，根部则保持活性，常年存活于土壤中。

3 野萱草（Hemerocallis fulva var. disticha）：原产于中国，萱草属，多年生植物，日语中也称其为"忘草"。

4 南蛮萱草（Hemerocallis aurantiaca）：别名唐萱草。

5 重瓣萱草（Hemerocallis fulva var.kwanso）：萱草科萱草属萱草的变种。

萱艸

壬午蕤賓
終未旦寫

其根部也与野萱草、重瓣萱草相似，都有着粗壮的黄色须根，其中混有块状根。滨萱草从植株中生根，向地下延伸以繁衍生息，一经种植之后就会大面积地扩散，值花期之时会开出很多花朵，花的直径大约为三寸。

即使在花谢之后，滨萱草依然能维持绿色的身体，并在枝梢部位长出带有绿叶的新芽。最初注意到这一现象的是久内清孝[1]，他在昭和四年（1929 年）四月十五日发行的《植物研究杂志》第六卷第四号上发表了这一事实，并附上了照片。他是在相州耶山町长者崎[2]海岸边的小岛上采集到这种植物的。我为这种植物命名为"Hemerocallis littorea Makino"，并赋予其新的日文名称"滨萱草"。

滨萱草是一种优良的物种，分布在沿海地区，尤其广泛地分布在太平洋和日本海的沿岸，因此在日本中部地区、四国和九州的海崖上都能看到它们的身影。萨摩半岛附近的甑岛[3]生长的萱草也很可能就是滨萱草。

在琉球[4]一带，滨萱草并非野生，人们在田边种植它，并将其花朵作为食材。人们将其腌制成咸菜或用当

---

1 久内清孝：1884—1981，日本植物学家。
2 相州耶山町长者崎：位于神奈川县横须贺市和叶山町交界处。
3 甑岛：位于日本鹿儿岛县萨摩半岛以西约 30 公里。
4 琉球：此处指的是太平洋西部的一系列岛屿群，包括冲绳群岛、萨南群岛等。

地的泡盛酒[1]来渍泡，甚至用作汤料，但在日本本土，人们几乎不会食用这种植物。

昭和十九年二月（1944年），吉井勇[2]所著诗歌集《旅尘》由东京的樱井书店出版。在这本书中，有一首在佐渡的外海府时所创作的作品，其中写道："寂寞人啊，从海上远眺，断崖上的萱草花开得正好。"这首歌中的萱草无疑就是滨萱草。

重瓣萱草与甘草

在杂志上常有人将重瓣萱草称为"甘草"，这其实是不对的，使用"甘"字来指代这种植物是完全错误的。必须写作"萱草"才能正确地表达其名称。当尝试食用这种植物的时候，虽然其根部有些许甜味，但这并不能成为称其为甘草的理由。"萱"这个字本来就有"忘记"的意思，因此在日本它也被称为"忘草"。这个别称起初在日本并不存在，是在萱草的汉字名称传入日本之后才出现的称呼。根据书籍记载，在中国的风俗

---

1 泡盛酒：特产于日本琉球的蒸馏酒，为烧酒的一个分支。由大米制成。日本传统的清酒是经酿造而成，泡盛则是由蒸馏而制成。

2 吉井勇：1886—1960，日本大正和昭和时期诗人、剧作家、小说家。

金宜

末七月十六日庭上
一鉢真寫

习惯中，当人们有心事或感情忧郁时，看到这种花就能忘却忧愁，因此称这种草为"萱草"。此外，它也被称为"忘忧草"或"疗愁"，即治愈忧愁的意思。

生长在中国的萱草以单瓣花品种为主，学名为"Hemerocallis fulva L."，这个名称中的"fulva"代表褐黄色，这是基于其花色命名的。这种植物在日本并不存在，是中国的特有品种。因此它也被称为中国萱草或日本萱草。上文提到的重瓣薰草（又名鬼萱草）是它的一个变种，开重瓣花。有趣的是，这种变种不仅在中国生长，也在日本生长。也就是说，母种的单瓣花仅在中国生长，而其变种的重瓣花则在中国和日本都能看到。在古老的地质时期[1]，日本与亚洲大陆相连，这种重瓣花的变种传播到了日本。后来，中国和日本之间形成了海洋，这种重瓣花的变种仅在日本遗留了下来，形成了亲与子分离的现象。中国的《救荒本草》[2]一书中刊登了这种重瓣花的图画。

比起日本，中国将萱草作为食材更为普遍。中国的书籍中提到："如今人们多采其嫩苗及花，腌渍食用"，并且写道："人家园圃多种之。"此外，还有

1　地质时期：地质时间、地史时期，是用来描述地球历史事件的时间单位，通常在地质学、考古学中使用。

2　《救荒本草》：中国第一部专门记录可食用野生植物的著作，明朝周定王朱橚著，成书于15世纪初，在中国植物学史上有重要价值。

"花、叶芽俱为嘉蔬"的记载。在中国还提到"京师之人食其土中嫩芽，名曰扁穿"，这里指的是冬季采摘的极早发出的小嫩芽。几年前，听闻东京的一家餐厅曾将其作为菜肴端上餐桌，但不知其从何处得来此萱草。这被认为是一种仅供美食家品尝的珍馐，也许略带甜味吧。"扁穿"的意思则是指扁平的芽从土中钻出的样子。

如果人们想要忘却忧愁，不一定非得观赏忘忧草，观赏任何美丽的花都可以。然而在中国，或许是因为在草木稀少的地方，人们选择了这朵很大的萱草花来凝视吧。

凝视美丽的花朵，忧愁散去，思绪万千，思考吾之未来。

凝视美丽的花朵，可以忘却忧愁，给心灵带来慰藉。

忘忧草啊，我想忘却的事有很多，但也有很多不能忘却的人啊。

茱萸[1]与胡颓子[2]

自古以来，日本的学者一致误认为茱萸是胡颓子属下的植物，但他们没有意识到这其实是错的，至今他们仍然将这种植物写作茱萸，这实在是滑稽。除了过去的人们，即使在大槻博士[3]所编的日新大字典《大言海》中，仍然将胡颓子误认为茱萸，这可以说是过去时代遗留下来的错误。胡颓子和茱萸绝不是同一种植物。即使假设茱萸是山茱萸的简称，那么山茱萸也不是胡颓子；即便茱萸的果实类似于胡颓子，它们也完全没有关系。然而严谨地讲，茱萸也绝不是山茱萸的简称，茱萸是一种独立的植物，属于药用植物，产于中国吴地[4]的茱萸质量最好，因此被称为吴茱萸。它属于芸香科（即马兜铃科）的 Evodia[5] 属，其果实绝不是像胡颓子树那样的核果，而是植物学上称为 Folicle[6] 的干质果实，绝对不能生吃，强行食用的话，其口感会像山椒的果实一样在

1　茱萸：此处的茱萸指的是吴茱萸（Evodia rutaecarpa Benth）。

2　胡颓子（Elaeagnus pungens）：分布于中国南部和日本，在中国别名为羊奶子、三月枣、半春子、四枣等；在日本也被称为苗代茱萸。

3　大槻博士：此处指大槻文彦（1847—1928），日本语言学家，在明治时期编纂了日本第一部现代日语词典《言海》。

4　吴地：指今浙江一带。

5　Evodia：吴茱萸属，芸香科下（Rutaceae）的一个植物属。

6　Follicle fruit，即"蓇葖果"，指的是一种具有硬壳的果实类型。

口腔内产生刺痛感。正如陈淏子的《秘传花镜》中茱萸这个词条下所写的："味辛辣如椒。"

此处所说的"茱萸"即吴茱萸，然而，吴茱萸的主要品种是 Evodia officinalis Dode，因此"Evodia rutaecarpa Benth[1]"和"Evodia officinalis Dode[2]"都被叫作吴茱萸，并且这两者似乎都属于茱萸。但从学名上看，它们截然是两个品种，只不过在通俗的名称上，它们都被人们统一地称为"茱萸"。无论如何，茱萸是 Evodia 属的，绝不是胡颓子科的，如果不了解这一点，那么就不具备谈论茱萸的资格。

《大言海》对胡颓子一词的来源解释得极其不彻底，完全没有捕捉到其真正的含义，即没有阐明重点。实际上，"グミ[3]"是"グイミ"，即"杭之实"的意思，而这里的"杭"指的则是刺。在备前[4]一带的方言中，刺就被称为"グイ"，与"クイ（杭）"同义。因此，"杭之实"指的是"刺的果实"，因为胡颓子的树枝上有很多带刺的枝条，而"グイミ"缩短成了"グミ"，这是我个人的见解，至今尚未有人提出过相同的

1　Evodia rutaecarpa Benth：吴茱萸。

2　Evodia officinalis Dode：吴茱萸的变种"石虎"。

3　グミ：此处为《大言海》中的"胡颓子"一词。

4　备前：即备前市，位于日本冈山县东南部濑户内海沿岸的城市。

胡頽子

乙酉夾鐘之有三日
折枝一寫

山茱萸

草木集

观点。再比如在土佐[1]、伊予[2]等地，实际上人们都普遍地称呼"グミ"为"グイミ"。

误将茱萸当作胡颓子的人们，应立即改正错误，避免被人嘲笑，还应把握真相，更新自我的知识储备。

综上所述，"茱萸"即吴茱萸，其果实味道辛辣，虽可入药，但绝不可当作水果来食用。在中国，每逢九月九日重阳节，天高气爽，家人们聚在一起登高，饮菊花酒，眺望远方，放松心情。此外，过去还有随身携带并饮用吴茱萸泡制的茱萸酒的习俗，以此驱邪避阴，祈求身体健康，如此，人们在山上度过愉快的一天之后，就可心满意足地下山回家。

中国古人在诗词中这样咏叹茱萸：

"独在异乡为异客，每逢佳节倍思亲。

遥知兄弟登高处，遍插茱萸少一人。[3]"

"手种茱萸旧井傍，几回春露又秋霜。

今来独向秦中见，攀折无时不断肠。[4]"

过去从中国引进日本的吴茱萸，现在在日本各地的农家庭院中十分常见，所以并不算是罕见的植物。它们作为树木显得较矮，秋天时枝头果实众多，并且呈现

1　土佐：日本古代令制国之一，现为日本高知县一带。

2　伊予：日本古代令制国之一，现为日本爱媛县一带。

3　此诗句出自于唐代诗人王维的《九月九日忆山东兄弟》。

4　此诗句出自于唐代诗人武元衡的《长安贼中寄题江南所居茱萸树》。

红色，在绿叶的映衬之下，十分引人注目。它们的果实有香气，可以作为药用。有些地方的人们也会将其果实放入热水中供沐浴用。在日本的吴茱萸树都是雌株，没有雄株，因此果实中不会结出种子，所以可以通过扦插[1]繁殖法来培育。

---

1 扦插：又称插条、插枝，把一段植物插在某物质中使其生根、发芽。

薄田泣菫[1]

草木
虫鱼

1　薄田泣菫：1877—1945，日本散文家、诗人，著有《草之情》等。

如果向观世音祈愿便能在身处之地听到小杜鹃的叫声，
那么即使身患疾病，也能实现在松树林中漫步的愿景。
即使这太过于荒谬，那么我起码还有想象力和幻想之心，
我可以乘着这对自由的翅膀，飞向弥漫着松脂香气的故土。

松茸

1

夕阳铺满了厨房的地板，五六朵松茸裸露着身子恣意地滚落着。随手拾起其中一朵，这种蘑菇特有的浓郁香气便在顷刻间沁入手掌之中。

没有什么事物能够比气味更能让人浮想联翩了。当人们闻到松茸的香气，立刻浮现在脑海中的，是十月高空下连绵起伏的绿色松树林和山丘，正如骏马身上的毛发总会散发出汗水的湿味，又像女子们肌肤间的香粉

气味一样，秋日的松山[1]也有着松山特有的气味。阳光、雾气和松脂滴落在山头的斜坡上，湿润的落叶堆积中冒出来的这圆形的蘑菇，正是松山之香气的传承者，是秋天的精灵啊。

2

在日本，很少有满地松树般的土壤富饶之地。但无论是高山、低山、高原、平原、田间小道，甚至是被波浪拍打的沙滩，到处都能看到松树的身影。它们有时就像传说中的蛟龙一样，独自挺立着，满身鳞片，但大多数情况下，它们都会手拉手、肩并肩地成群生长。但松树与杉树以及冷杉不同，松树即使成群分布，也不会生长成同样的高度和形状，松树虽然身在集体之中，但同时也能保持着各自的本性，自由自在地伸展着自己的枝干。从远处看，松树林就像是一大片青铜色和赭色的形状，但当人们走近仔细观察时，会发现每棵树都有着不同的个性和姿态。许多树木也会像女子的面容一样，随着年龄的增长而衰老。但松树却更像男子的容貌，岁月风霜之下，积淀了内在品质的重量，并在外表勇敢地向世人展示出与外界斗争时留下的伤痕。

---

1 松山：此处的松山为地名，有可能是作者故乡日本冈山县内名为松山的山丘。

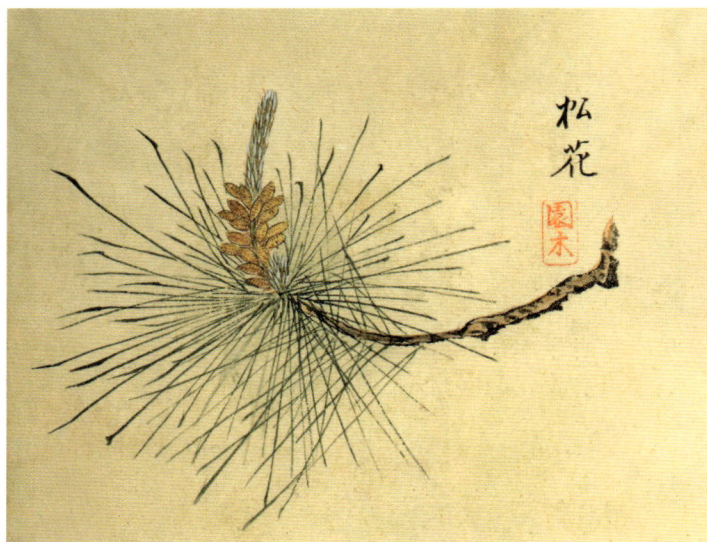

松花

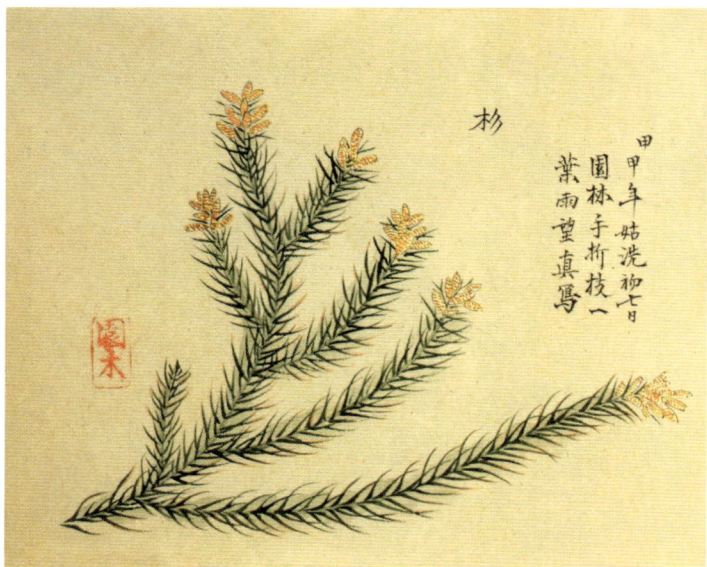

杉

甲午姑洗初七日
園林手折枝一
葉雨望真寫

松树别具一格的气质，受到了人们的喜爱和尊敬。不仅如此，随着它那散发出松脂香气的针叶的每一次呼吸，都使得周围的空气焕发出一阵新鲜感，给人们的心情带来些许健康的气息。每当我的内心被忧郁的情绪所笼罩，我总是习惯走进一片松树林中，当我深吸一口充满松脂香气的空气时，抑郁之情便消失得无影无踪，心情也在不知不觉中恢复了新鲜和活力。

过去，足利尊氏[1]非常喜爱洛西等持院[2]内的一棵松树，因为小杜鹃[3]曾在这棵树上筑巢，故这棵树也被称为"小杜鹃松"。实际上小杜鹃这种鸟通常不会自己筑巢，而是偷偷地把蛋产在莺的鸟巢里，让莺代为孵化幼雏。因此，所谓的小杜鹃之鸟巢，实际上有可能是莺鸟之巢，不过这些细节并不要紧。足利尊氏非常喜爱这棵树，以至于在前往镰仓时，他都要特意将这棵树的松果带在身边。但当足利尊氏身在镰仓的期间，这棵树似乎失去了生机，只有当主人返回京都等持院时，这棵树才会重新焕发活力，叶子的绿色也才会变得鲜嫩起来。

当我身处松树林之中，自己的慢性抑郁症得到了

---

1 足利尊氏：1305—1358，日本室町幕府的第一代征夷大将军，原名足利高氏。

2 洛西等持院：位于日本京都府京都市北区的临济宗天龙寺派寺院，是足利将军家的菩提寺，有足利尊氏之墓和足利历代将军之像。

3 小杜鹃（Cuculus poliocephalus）：杜鹃目、杜鹃科的鸟类。

很大的缓解，这可以比作这棵杜鹃松在主人回到寺庙之后重焕生机，我想或许是因为我们都在这里感受到了乡土的气息吧。无论如何，松脂的香气似乎已经深深地渗透进了我们的生活中。

3

松茸那股仿佛蒸过的香气让我浮想联翩。可是现在的我罹患疾病，起居不便，所以不论松树林中那独特又清香的空气多么诱人，甚至让我感到微微心悸，但目前的我都无能为力。

据说，有人曾阅读近江石山寺[1]中保存的古文书，上面记载着从前京都的一位高官，想听小杜鹃鸟啼叫，却求而不得，于是他向人们口中十分灵验的观世音祈求，希望能在京都的天空下听到这种鸟的啼叫声。如果向观世音祈愿便能在身处之地听到小杜鹃的叫声，那么即使身患疾病，也能实现在松树林中漫步的愿景。即使这太过于荒谬，那么我起码还有想象力和幻想之心，我可以乘着这对自由的翅膀，飞向弥漫着松脂香气的故土。

1　近江石山寺：位在日本滋贺县大津市，传说紫式部在此闭关之时，获得《源氏物语》的构想。"石山秋月"被誉为"近江八景"之一。

草之汁

最近，每当我来到旷野之中，都会看到各式各样的野草们在发芽、在生长。这些植物们很长一段时间里都深埋于寒冬的土壤中，春天临近，它们便久违的纵身飞跃到这明丽而温暖的世界，它们的每一根神经仿佛都因喜悦而抖动着。挂在天上的太阳无论是醉了，抑或是百无聊赖了，野草们都毫不在意，纷纷举起双手去迎接它。

春日里的一个早晨，看着刚发芽的杂草被露水打湿，每片嫩叶、每个嫩芽看起来都新鲜极了，仿佛可以入口食用，难怪有一些好奇心旺盛的人们会将品尝草叶作为春天里的一种娱乐活动。

首先，需要准备一个盛有味噌酱的小碟子，之后，这些人会排成队列走入野原之中。领头的人会摘下他认为不错的野草，蘸着味噌酱入口品尝，跟随在后面的人们也依次效仿。不论口感如何，都不能产生嫌弃之心。想必这些想吃春日里杂草的人们，必须像牛一样无所顾忌，像牛一样顺从，这一点他们自己也有着自知之明。

假如领头人一两次选错草后，下一个人就会成为新的领头人。尽管他们会按照这样的规则反复地行进，但还是免不了误食毒草。倘若吃到了毒草，嘴唇就会肿

結縷草

同年姑洗中有五日
梜山生花真圖

起来，呈现紫色，胸口也会有刺痛感。但即使这样，一起结伴进行食草活动的人们也不会抱怨并感到惊讶。

曾经参加过这种活动的一个人这样对我说：

"作为一种娱乐活动，也许确实有些奇怪，但正因为有了这样的体验，我才能学到很多东西。在那之后，我几乎一眼就能认出哪些野草可以食用，哪些不可以。"

摘草籽

说起丰收，人们立即会联想到深秋时节田野里农民们劳动的风景，虽汗流浃背，但充斥着满足的心情。摘取草籽则不太相同，这是一种悠闲、漫不经心的、仅仅是为了消遣时光的活动，但即便如此，人们也能在其中品味到一丝宁静的滋味。

秋分节气前后，野草像怀有身孕的妇女的乳房一样，其脂粉色的花结出的果实，即草籽，会逐渐变黑。当人们想要摘取它时，它那圆圆的果实就会变得像狡猾的小动物一样，从人们的指间溜走，滚落到地上，销声匿迹。草籽深知人类的摘采只是出于一时兴起，不是什么正经的行为，所以它们便通过这种方式逃避人类的纷扰，从而保护自己的种子。想到这一点，我便开始觉得人们本不应该拨开落叶和泥土，特意去寻找掉落在地上的脂粉色草籽的踪迹。

把脂粉色的草籽放在手掌之中，不论是谁都会想用指甲把其中一两个草籽剥开一探究竟吧。草籽的内里填充着像女子化妆用的脂粉一样的白色粉末，小时候我们常常这样剥开玩耍，即使在长大后也时不时会这样做。大自然不像人间那些奸诈的小商贩一样，背地里偷偷置换物品内含的东西，所以现在的脂粉色的草籽也和过去一样，里面的白色粉末货真价实，人们只要轻轻一碰，它们就会洒落出来。这么渺小的野草结出的果实竟然能带来这样的诱惑和乐趣，真是奇妙极了。

采集凤仙花[1]的种子则需要像捕捉蟋蟀一样小心翼翼。因为这种花的果实被花苞的外层包裹着，这种花苞非常敏感，当人的指尖不小心触碰到它时，它就会像自己的清秀和洁白被玷污了一样，突然地奋起而发，一口气将里面的小小的种子们弹射出去。即使人们巧妙地将其整个花苞取下，放在手心不久之后，便会在手掌中感受到花苞爆裂的感觉，皮肤发痒，这与蟋蟀用长满刺的

---

1 凤仙花（Impatiens balsamina L.）：又名指甲花。

鳳仙花 在再後寫

鳳仙

壬戌壬午
真寫
初秋下旬

腿踢你的皮肤可不一样，感觉会很舒服。

这株高大的俄罗斯向日葵，像棒球皮手套一样的花盘上，大粒的葵花籽插得满满当当，在秋风中摇曳着，显得格外凄凉。据说，秋冬季节途经西伯利亚的旅人曾经目睹当地的孩子们在上学的路上，悄悄地从口袋里拿出烘炒过的葵花籽，一粒一粒地咀嚼着。到了飘雪的季节，喜欢的虫子不见踪影，附近的麻雀不得不成为素食主义者。富含脂肪的向日葵种子成了这些"临时出家"的小僧们的最佳食物。因此，每当我采集葵花籽时，总是尽量多储备一些。

穿过毛茸茸的鸡冠花花丛，捡起一颗颗小粒的果实，尽情享受着如天鹅绒毯子般的厚重触感。紫苏籽从干枯的紫苏[1]枝上脱落而下，握在手心，便能嗅到手中留下的淡淡草香，顿时感受到一股难以言喻的哀愁。挂在枯藤上的葫芦，仿佛在观赏着秋色，不知不觉之间，葫芦的内部早已空空荡荡，偶然路过的风拂过，使其发出沙沙的声响，可是其中的葫芦籽却取不出来，这即为秋日里的无可奈何吧。

1　紫苏［Perilla frutescens（L.）Britt.］：原产自中国南部、缅甸及喜马拉雅的香辛类蔬菜，在5000多年前传入日本，被称为日本香草之一。

向日葵

丙戌南呂於有八日
一藝天寫

花卉

草木集

同時十有八月後圖

真意圖

鷄冠

[花卉]

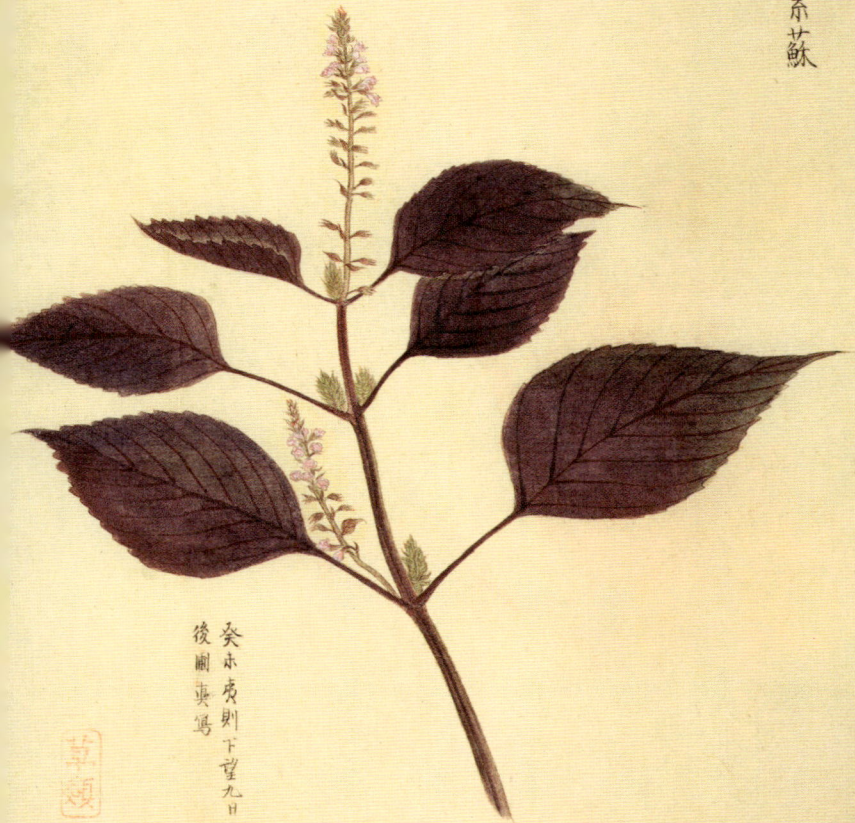

此紫蘇

癸未虎刻下望九日
後圃真寫

丝瓜的果实掉落之后，人们无意中看见它的内部，竟发现丝瓜以细密的植物纤维编织成网状，形成了长长的空洞，就像秋天的天空一样，开阔无比，令人惊讶地大笑，这也是秋日里的一大趣事。

甲申年庚则盆中五日
夕暮走筆真寫

壺盧

木天蓼[1]

冈本绮堂[2]

1　木天蓼（Actinidia polygama）：正式名称为葛枣猕猴桃。木天蓼含有的猕猴桃碱等成分对猫以及猫科动物具有显著的吸引力，能使其产生陶醉状态，故也被称为"猫草"。
2　冈本绮堂：1872—1943，日本小说家、剧作家，著有《半七捕物帐》等。

天地苍茫，夏日的山路也即将走到尽头，
看到这朵白色的花朵肃然绽放，我也感到了一股莫名的寂寞。

木天蓼

送枝真寫

丑年月廿日後氏

木天蓼

在信浓¹的深处迷失，夏日的黄昏下，沿着未知的山路前行，路边草木深处白光点点，宛如梅花。

后来听闻，那是木天蓼之花。关于其别称"猫草"的缘由我早有耳闻，但这是我第一次亲眼见到它的花。

天地苍茫，夏日的山路也即将走到尽头，看到这朵白色的花朵肃然绽放，我也感到了一股莫名的寂寞。

---

1 信浓：信浓国，旧时日本行政区划之一，位于现长野县、岐阜县一带。

秋草

島崎
藤村[1]

1　岛崎藤村：1872—1943，日本诗人、小说家，著有《若菜集》《一叶舟》《落梅集》等。

不久之后，这些花朵都将逐渐变小，直至凋谢，
它们在深秋空气中所展现的风姿，实在令人难以割舍。

这些天，我本打算随笔记录今年夏日的点滴回忆，不料竟写了许多事情：用亲戚寄来的桃叶稍稍缓解了我生的热痱；无数个夜晚里，我故意将门打开通风，也不能阻挡这股炎热之气，难以入睡……想着要记录的事件数不胜数。为了铭记今年这空前的酷暑，我甚至想把自己流淌的汗用作墨汁，书写在廊前的秋草之上，当作梦话记录下来。像今年这样的炎炎高温，也实属罕见。

在我住的这个地方，许多草在秋天来临之前就已经早早枯萎了。譬如坡道尽头那道总是很干燥的石阶旁的草地，正是如此。平日里与我交往甚好的园艺师送给我的七草盆栽，因为根基尚浅，也早已干枯而死了。在这个干旱的季节里，依旧有一两株秋草顽强地存活着，映入我的眼帘。如同其他从小在山林里长大的人一样，我也离不开草木。尽管我尝试着种植了许多种植物，但由于阳光不足，或是通风不好，再加上这个如同在谷底一般的城市里，竟没有一种草如我所愿，能够茁壮地生长。就是在这样的环境里，我喜欢的土藿香[1]一枝独秀地幸存了下来。我家庭院里能拿得出手的植物实在不多，况且我家院子里只有一块儿像猫的额头那么小的地方栽了些许花草，其中我最想让世人一同欣赏的，便是

1　土藿香（Agastache rugosa）：通称藿香，藿香属多年生草本植物。

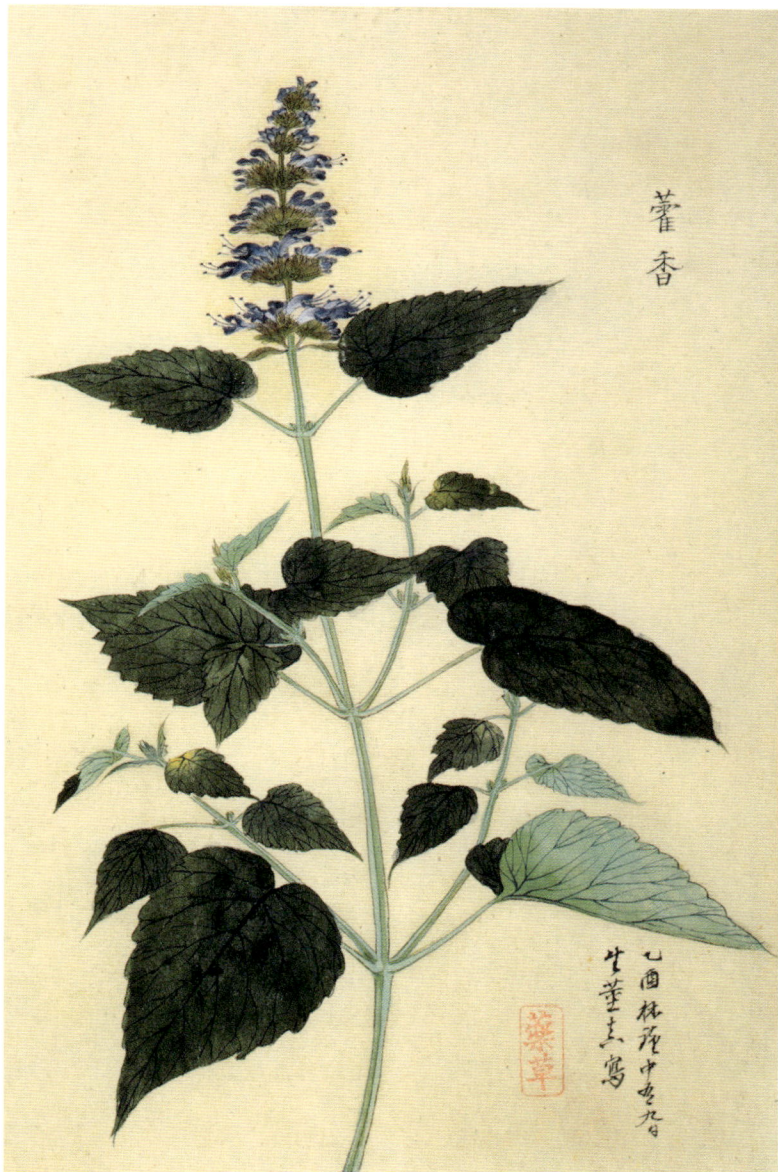

藿香

乙酉桜花雨中写九日
生薑志写

藿
香

这株中国兰花的风姿了。

　　与春天开花的兰花相对，土藿香可以被称为"秋之兰"，那些耐得住漫长的冬季霜雪、有能量准备好花蕾的品种属于北方，而那些能耐住夏日的酷暑之后开花的则属于南方品种。绿色的叶子作为衬托，嫩白的花朵初绽，的确有一股清新的秋草之气，现在就正值土藿香的花期。说起来，长居于都市的人们或许无法对夏天感到亲近，但我却偏爱夏天，夏日的各种景色和情趣都让我感到心情愉悦。虽然天气炎热，但我总觉得夏天是一年中最适合写作的时期，所以我几乎不会踏上避暑的旅途。我今年也照旧期待着夏日的到来，不想却迎来了这样异于往年的气候。奇怪的是，今年我几乎没有感受到过去那种夏日里独有的、行色匆匆的夜晚。凉风习习的傍晚、露水冰凉的清晨也少了，黎明时分就听到蝉鸣声，早晨的广播体操号角响彻在耳边。

　　在每天超过30℃的城市空气中炙烤着，夜晚似乎与白天无异。我并不是想学习古人的隐居生活，只是为了应对这酷热，在家前的狭窄小巷里立了十四五根竹子，搭了约三间宽的墙，然后在它们背后栽了牵牛花。之所以立起竹墙，起因是邻居家围起的那面高大的铁皮围墙，铁皮将阳光反射后，直接通过我家庭院里的窗格照射到了靠近巷子的这一面。我知道在日出前给牵牛花

牽牛花

朝臣寫

乙酉庚則亦有一日

藥草

浇水是促进其生长的窍门，于是我每天早晨都为它们浇水，就是在此时，我发现了惹人怜爱的秋草们。牵牛花的花朵、叶和藤蔓的姿态，看起来像是一种非常古老的植物。闷热的夏夜，难以入眠，我常在天边还泛白时就起身，享受着黎明前的宁静。打开二楼的窗户，围墙还被笼罩在黑暗之中。又过了一会儿，朦胧间，以红、蓝为原色的花朵逐渐展现出琉璃色、柿色、淡紫色，最后终于显现出了其白色的面庞。爱好风物的家人们聚在一起，把花的风姿比作人，有的花叫作"大音羽屋"，有的则叫"橘屋[1]"，有的则被叫作"好学之士"，这是一种以花草那活灵活现、生气勃勃的姿态为灵感的小小玩乐。

有时，从大森[2]来此地卖鱼的男人在狭窄的巷子里卸货，不小心踩断了那些正露出花蕾的草的根部。炎热的日子里，室内几乎感受不到任何风，只有些许微风穿过斜坡上连绵不断的石头阶梯，吹拂过院子里围墙。我来来回回踱步，想起了曾被称为牵牛花狂人的鲛岛[3]。他曾向我讲解过从奇人奇事到各种动物、花草的相关知识，他的声音仿佛依然在我的耳边回响着。现在，我自

1　橘屋："音羽屋""橘屋"均为歌舞伎世家的屋号。

2　大森：日本东京都内地名。

3　鲛岛：即鲛岛晋（1852—1917），日本明治和大正时代的理学家。他是东京物理研修所（现东京理科大学）的创始人之一。

己也种植了一些他所钟爱的花草，我意识到每一种花草都会迎来自己的花期。罗丹[1]曾说，世上没有艺术家能完全地表达出花的纯净，这话中所包含的深意让我感触良多。不知道从什么时候起，人们开始将牵牛花也称为秋草。的确，能从梅雨季一直品味到刮起秋风时节的花实属罕见。我这篇文章写于九月十二日，秋意逐渐放凉，充满了二楼的房间。今年夏天，我的工作效率降到了往年的三分之一。有人对我说，能不感到烦躁已经是万幸了，听罢我也稍微感到一丝安慰。这段时间里，花朵们似乎只休息了两天，其余的每个早晨，我没有哪日没有看到墙边正在开放的花儿。今天早晨也是一样，庭院中已有十来朵鲜艳的花儿们开始争奇斗艳。不久之后，这些花朵都将逐渐变小，直至凋谢，它们在深秋空气中所展现的风姿，实在令人难以割舍。

---

1 罗丹：法国雕塑家，被认为是现代雕塑的奠基者。

薄田
泣堇

森之声

尽管痛苦而枯燥，从长出嫩芽和绿叶的那天起，
每棵树就必须背负这样的宿命。
可是树木们似乎很享受这样的宿命，
直到自己的生命终结，未曾有一天停止过努力。

现在，我站在春日[1]的山路上。山路两旁无数的大树成排伫立，枝与干相互交错，阔叶与针叶争相繁茂。偶尔从树荫底下路过的山林巡护者们，即便在午后想抬头眺望天空，也很难找到一丝云影。自从仁明天皇[2]对此处发行砍伐禁令之后，至今未曾有一把斧头能踏入这座神圣的山。夏天来临时，长出的新叶充满生机；冬天来临时，树叶枯萎飘落。落下的树叶仿佛年年都怀抱着梦想，腐朽于土地之下。经过千年的风霜雨雪，这座山的风情与普通的杂木林截然不同，这里的空气冰冷，山体总是湿润。在普通的山中只有秋日里才能闻到的土壤气息，在这里则四处弥漫。

伟大的春日之森。大自然亲手创造了大海、火山、摩西[3]、鲸鱼的脊背，同样地在此地创造了春日之森林。黎明之际，杉树心潮澎湃，仿佛要伸向天边，不断攀高；橡树则是在星期一的早晨那灵魂振奋的一瞬间诞生的；竹柏[4]仿佛是夕阳西下时的一首歌；马

1　春日：春日山原始森林，位于日本奈良县内。

2　仁明天皇：日本第 54 代天皇，在位时间为公元 833 年 3 月 22 日至 850 年 5 月 4 日。

3　摩西：《出埃及记》等书中所记载，摩西是公元前 13 世纪时犹太人的民族领袖，犹太教徒认为他是犹太教的创始者。

4　竹柏（Nageia nagi）：常被用于作为景观树与行道树种，为常绿乔木，高可达 20 米。

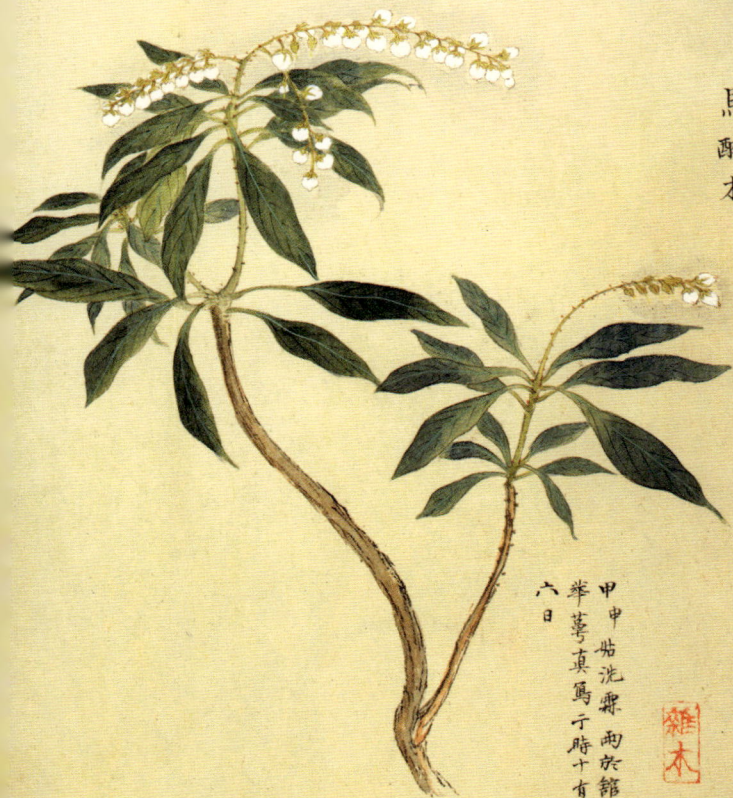

馬
醉
木

甲申粘洗粟兩欵館
舉蕚眞寫丁卯十有
六日

橡

於武江流芥館中花好友館
丑年夏五月初望
十日寫
木類

醉木[1]也许是大自然母亲时而的喃喃自语吧。它们尽情地展现着自己独特的个性，毫不介意旁人的目光，茁壮成长。头顶上的苍穹浮现出笑脸，无边无际，最初的一缕光辉注入了我的掌心，仿佛沿着粗壮的手臂向外延展。生于大地，只能抬头仰望天空，想来令人心痛，但这正是树木自从发芽那日起便已经注定的命运。尽管痛苦而枯燥，从长出嫩芽和绿叶的那天起，每棵树就必须背负这样的宿命。可是树木们似乎很享受这样的宿命，直到自己的生命终结，未曾有一天停止过努力。眼下杜鹃的花期已过半，生长在古老池塘里的绿藻也想要开花装点自己。少许阴云当头，炎热的午后，叶子在进行叶子应做的营生，根系也在忙碌地完成根系所肩负的任务，树干则在努力履行树干的职责，这真是一幅热闹的生活景象啊。

杉树说："长得太高，心里难免感到寂寞。我身上那些像云层般的皱纹很是恼人，要是有雷打下来就好了。"

年轻的马醉木则说道："个子矮也很讨厌呢。泥土的气味太过于浓烈，难道就没有一种方法让我忘却昨日呢！"

老橡树喃喃自语："我对生命已经倦了。鹰去了哪

1　马醉木（Pieris japonica subsp. Japonica）：常绿灌木。

里呢。自打它丢下良弁[1]后就没有再回来，等待它的时光已经过了数千载的夏天，这似乎也算不上短暂吧。"

竹柏又说："不知为何，我想用语言来表达了。"

天空中的阴云逐渐消散，天气似乎开始好转了起来。初夏充满生机的白光穿透了黝黑的竹柏枝条，洒在树干上。红茶色的日本冷杉[2]、泛白的橡树、干燥的竹柏树皮，在阴郁的森林气息中清晰可见，如同在古老寺庙的殿中，看向烛光下名匠雕刻的十二药叉[3]大将的背影一样，令人感到硬朗而矫健。

忽然间，如女子叹息般的气息袭来，似乎有什么东西轻轻地落到了颈间。

拾起来看，原来是一朵已经枯萎的紫藤花。现在的奈良，杜鹃花期也已过半，而紫藤花还在开着呢。抬头望去，粗壮的杉树的荫翳之下，古老的藤蔓直直地伸展，如同心思烦乱的女子般，垂着茎、垂着叶子，枝条如同细长的手臂，缠绕在周围的树木上。被各种树木的低语声环绕，却唯独听不到这棵树的声音，这也无可厚非，因为紫藤正在悄然抽泣。

---

1 良弁：奈良时代的华严宗僧侣，常被称为"金钟行者"。传说其母在野外工作时，他被老鹰捉走，并放到了奈良二月堂前的树枝上，受到法相宗僧人义渊的帮助而逃脱，后被作为僧侣抚养长大。
2 日本冷杉（Abies firma）：冷杉属下常绿针叶树，主要分布在日本中部和南部。
3 十二药叉：佛教的护法神，出自《药师经》，守护修持药师佛法门众生的十二位药叉。

紫藤花

癸未始沈卅有三言真寫

蔓草

月见草[1]

水野叶舟[2]

1 四翅月见草（Oenothera tetraptera）：柳叶菜科月见草属下的品种。

2 水野叶舟：1883—1947，日本诗人、作家、小品文开创者，著有《回声》等。

然后，我脑海中再次浮现出先前看到的那些枯萎的草，

它们仿佛在缅怀那些曾经生活在故地的人们，

同时也在庆祝着自己得以延续的生命。

马车在沿着悬崖边奔跑，底下是深深的溪流，人们能听见溪流传来的水声。悬崖的肌肤被白雪所覆盖，阴天的灰暗投影下来，显得有些暗淡。稀疏的树林伫立悬崖之上，毫无生机。

马车的车轮碾过的痕迹，露出了底下的泥土。此刻，我正在游历东北[1]的乡间，尽管已经是三月中旬，但头顶上的天空仍然昭示着雪的到来。

我倚靠在马车的窗户上，看着这不同寻常的景色，路上一个人都没有。

马车里，似乎乘客们都已经倦了，没有人说话。马车一路颠簸着，继续摇摇晃晃地沿着险峻的道路行驶着。

我看风景的眼睛也开始感到了疲倦，我从早上起一直以不舒服的姿势蜷缩着，导致浑身疼痛。我那疲倦的双眼无力地落在了马车身后驶过的道路上，不经意地眺望着。

忽然间，我看到道路两旁长着像芝麻一样形状的、果实已经裂开的草枯萎地站立着。我记得曾听说过有一种叫"山芝麻"的草，在这个人迹罕至的雪国生了根，我心想，眼前的这种植物也许就是人们口中

1　此处指的是日本的东北地区。

的山芝麻吧。

悬崖边的路已尽，马车驶入山中。水流的声音也听不到了，终于，开始飘雪了。

在那之后的两个小时左右，天色渐暗。马车里的气氛变得愈加沉闷，车里的人们又再次开始交谈。

于是，我也顺势加入了谈话。我问坐在对面的老翁，"刚才路上看到的像芝麻一样的草是什么？是叫'山芝麻'吗？"

"山芝麻？我从未听说过这种草，是长得像芝麻吗？"

"草已经枯萎了，但上面依旧附着很多种子。"

"哦，那是月见草。"

"原来是月见草啊。"

我那股好不容易涌起来的好奇心，得到答案的片刻间，也随之消逝了。我再次感到百无聊赖，便拉下了马车的垂帘。不久，老翁说道：

"这种草直到明治二十三年（1890年）的洪水之前，在这片土地上都不曾存在。"

"……"，我忽然沉默了。

"在这里，有一座叫早池峯山[1]的山，地图上也画

1　早池峯山：位于日本岩手县内。

了。"老人看了一眼我手中的地图，我也随之将注视老人的目光转向了地图。

"早池峯，是指这里写作早池峯的山，对吧。"我催促老人继续说下去。

"那里是在早池峯山脚下的平地，月见草据说是为了养殖蜜蜂而在那里栽种的。但明治二十三年发洪水，那里全部都被冲毁了。然后，在猿石河川[1]的河岸上，不知为何，突然开满了月见草。从那以后，这种草的数量每年都在增加。"

"这真是一段饶有趣味的历史。"我由衷地说。

然后，我脑海中再次浮现出先前看到的那些枯萎的草，它们仿佛在缅怀那些曾经生活在故地的人们，同时也在庆祝着自己得以延续的生命。

---

1 猿石河川：发源于日本岩手县远野市北部与花卷市交界的药师山，经北上山脉向南流。

月
見
草

両
棲
両
成
無
射
水
有
七
日
真
写

巻

二

薄田
泣菫

木之芽

可是，山椒树却只能用小得如纸屑般大小的黄色小花朵装点自己，
它无法在阳光明媚的地方生长，只能站在阴冷的厨房侧门边，
所以，它只能用叶子来充分地展现自己，
用叶子弥补自己所缺失的华丽花朵，同时尽情地散发着气味。

1

从院子里进出厨房的门边，山椒[1]树之嫩芽在近日温暖气候的滋养下，一下子长高了一大截。我轻轻地晃了一下树枝，这种树特有的浓烈气味扑鼻而来，弥漫在周围的空气中。

这是一种如盐一般的气味，有些刺鼻。每到春天，周围的草木都贪婪地吸食着阳光，仿佛城里的漂亮姑娘一样奢华，色彩争奇斗艳。可是，山椒树却只能用小得如纸屑般大小的黄色小花朵装点自己，它无法在阳光明媚的地方生长，只能站在阴冷的厨房侧门边，所以，它只能用叶子来充分地展现自己，用叶子弥补自己所缺失的华丽花朵，同时尽情地散发着气味。

史密森学会[2]的麦克英多[3]博士以敏锐的嗅觉而闻名。据说，通过五六个月的实验，他能够分辨出住在同一个巢穴中的蜂后、公蜂和工蜂的气味。他还收集了大量的蜂蜜，并能够准确无误地辨别出它们各自气味的差异。在一系列的实验取得成功后，他确信，同一个巢穴中的每只蜜蜂都有着不同的体味，所以蜜蜂即使生活在

1　山椒（Zanthoxylum piperitum）此处指的是日本山椒，原产于日本和韩国。

2　史密森学会（Smithsonian Institution）：美国唯一一所由政府资助、半官方性质的第三方博物馆机构，拥有世界最大的博物馆系统和研究联合体。

3　麦克英多（Norman Eugene McIndoo）：1881—1956，昆虫学家。

黑暗的巢穴中，即使相隔一定的距离，也能通过气味相互认出对方。

　　闻起来没有区别的气味，如果仔细品味，也能察觉到微妙的差异。大自然如此精细地安排，万物从简，但山椒树的嫩芽却散发出如此强烈的气味，显得有些夸张和浪费，甚至有点以自我为中心——但这些外表得不到自然恩赐的生物，无计可施，只能叹息啊。它的叶子发出了叹息，包裹着它那静谧的热情，就像麝香猫一样散发出浓烈的气味。

2

　　春日里，厨房侧门边的空地上的生命开始崭露头角，除了山椒，还有蜂斗菜[1]。蜂斗菜是一名出言辛辣的讽刺家，总是面带苦笑。即使是妙语连珠的讽刺，假如数量过于众多，也会显得有些讨人厌。对喜欢蜂斗菜的人来说也是一样，如果量太多，也难免会撇嘴皱眉，露出不快之色。讽刺家往往是"自我主义者"，善于用自己的特点去干扰其他人的个性。相比之下，山椒虽然

1　蜂斗菜（Petasites japonicus）：别名冬花、款冬或款冬蒲公英，常见于山野路边。

款冬花

乙酉正月終日菜閣於暖室

貞寫

气味刺鼻，但绝无苦味，与周遭的生物相处得也不错。

竹笋也是淘气的小家伙，一到春天，它们就像土拨鼠一样，从土里露出满是茸毛的头。这淘气家伙有时候味道很涩，甚至会让下口的人感觉到世间的乏味。另外，小小的芋头就像脑袋圆圆的小和尚，有时候它们的口感也很苦涩，甚至令人感到气恼。当遇到口感苦涩的芋头，配上一点木芽，人们便可以下口咀嚼，也算是摆脱了这些小鬼头们的恶作剧。

3

一位英国诗人曾经说——"只有两种气味是世人都能分辨的。一是点燃炭火的气味，另一个则是脂肪融化的气味。前者是菜烧过头的气味，后者是菜还没有烧熟的气味。"

现在，我还想在这两种气味里添上木之芽或其他有着相同作用的东西，用它们为料理增添些许风味。

山间玩耍

木下利玄[1]

1 木下利玄：1886—1925，日本歌人，著有《李青集》等。

我在此地出生，五岁时离开了故乡，这片松树林始终俯瞰着我，直到十八岁我都没有再回来过。即使是在我离开它的这一段很长的时间里，这片松树林也依旧留在我日渐模糊的记忆中。

当我穿过足守川[1]上的葵桥时，秋日晴朗的太阳低沉地照射在丰收的田野上。坐落着八幡神社[2]的山里有一片松林，树林里，松树之外的树木已经开始微微泛黄，其中有一棵野漆[3]，树叶通红，透出阳光，显得悠闲而美丽。河滩上还夫枯萎的秋草们与野菊花挤在一起，彼岸花也夹杂于其中，花已经褪色，枝干还留着些许青翠。母马领着小马驹来到这里吃草，清澈的小溪细水长流，在阳光下闪闪发光。

将隐亡[4]居住的部落甩在身后，踏上山路之时，天色开始转阴了。回头看，树木繁茂的宫路山[5]后面，有几座光秃秃的大山上不知从什么时候开始，变成了暗灰色，像在威胁我们一般。从宫路山到足守町[6]，地面被像薄雾一般的水汽所笼罩着。

"天气没问题吧？"我问今天为我们领路的老翁。

"请勿担心，天气没问题。"他答道。于是我们继续向前行走。

我们一行十六人今天要去妙见山[7]采蘑菇。这十六

---

1 足守川：位于日本冈山县。
2 八幡神社：此处指的是苇守八幡神社，位于足守川沿线。
3 野漆（Toxicodendron succedaneum）：漆树科漆属树木。
4 隐亡：负责在火葬场火化死者尸体并看管墓地的人。
5 宫路山：日本冈山县内地名。
6 足守町：该地曾位于冈山县吉备郡。1971 年起并入冈山市。
7 妙见山：日本常见的山名，此处指日本冈山县内的妙见山。

漆

草木集

野菊

甲申年無射中育
八日真鳴

人中，我的妻子、妹妹、姐姐、弟弟、妹妹的朋友以及用红绳串起葫芦挂在肩上的老人，还有挑着便当、水果篮和水壶的仆人们。

当我们爬到种植着杨树苗的山坡上时，略带湿气的风掠过我们一行人的头顶，吹响了前方的树林。山上树木的叶片被吹得翻转过来，露出了叶子背面的白色，迎风而立。刚才在对面的山上看到的水汽似乎正在穿越山谷，现在刚好攀上了这座山。虽然我们已经离开村庄很远的距离，但方才经验丰富的老翁对我说没问题，所以我们继续往上攀登，想必天公定会放晴。

路过了一个很大的池塘。冰冷的风拂过池塘的水面，吹向岸边的杂树林。进入山中之后，感到深厚的秋日气息，那些在春天开着紫色花朵的杜鹃花，叶子现在已经变红，与小松树一起错落在杂木之间。眼前的这番景色，会让人联想到山中的湖光之色。

从这里继续踏入一座长了罗汉松[1]的山，终于，降雨了，雨水拍打在我们的脸上。骤雨之乌云对山峰发起了攻击，将我们也卷了进去。但来接我们的护林人说，长松茸的地方已经不远了，所以我们便没有到大树下避雨。从罗汉松之林再进入松树林，山路也逐渐变得陡峭

1　罗汉松（Podocarpus macrophyllus）：又名罗汉杉、长青罗汉杉、土杉、金钱松、仙柏、罗汉柏、江南柏等。

杜
鵑
花

花木

羅漢松

丙申二月十六日庭
圖折校寫夏

起来。

一行人中的女子们的白色袜子和红色的和服侧襟在松树间若隐若现，她们在白灰色的山上，沿着无人踏足过的山坡前行着，身处山坡下的我抬头感怀地望着她们。雨水冰冷地打在衣领上，打湿了衣服，但此时我们已经发现了松茸，所以对衣物沾湿也毫不介意了。这还是我第一次看到松茸长在土里的样子，所以觉得非常新奇。

松树根下，盖着松针叶的灰色土壤中，可以看见松茸抬起棕色的头，白色的身体挤在一起排列着。就似在玩捉迷藏的孩子们，以为躲在这里很安全，却被抓到了。当我们找到一处生了松茸的地方，竟然立即发现附近其他地方也长了很多，所以我们不禁发出了欢呼声。

"啊，这儿也有！""我这里也是。"我们纷纷弯腰开始采摘。有些还是小小的像茧一样的蘑菇，但我们都统统将其摘走。用手指轻轻地按在刚刚露出土面的蘑菇的伞盖，稍微一摇，松茸就很容易地被拔出来了，土里只留下一个洞口。松茸那股既朴实又美好的香气扑面而来。我们采摘了一些之后，就将其放到了护林人带来的竹篮里。

没发现松茸的地方什么都没有，但长松茸的地方则成片地分布着松茸。我们一边在松树林间的土壤里翻找，一边朝着山上走去。同行的女伴们沉浸于其中，已经忘记了被雨淋湿的衣物。当我们走到山上，树木逐渐稀疏，我开始感觉到衣摆被各种树枝下滴下来的露水所打湿，微微打起寒战时，我们已经走到了护林人的小屋。原本沿着不同路线上山的人们在此汇合，这里就是山顶了。小屋用干的稻草，搭了个斜屋顶，人们在屋顶底下生起火，茶壶被挂在火上，草席上放着睡觉用的铺盖。护林人说，他为了防止那些偷偷上山来偷采松茸的人，所以夜里也会在这里留宿，以便监视。

手越来越凉，手指间满是泥土，此刻急需一件外披。我们一同围在护林人的火堆旁取暖。雨暂时停了，但湿气依旧在森林里徘徊着，两个很深的竹篮已经被装满了。

"这只个头很大。"

"好香啊。"

我们拿起竹篮里的松茸，闻了闻，各自聊起了方才采摘时的愉快光景。护林员则拿起一只很小的、像茧一样的蘑菇说："这样的松茸还会继续长大。如果这些都长大了，那么现在篮子里装的这些就能增加为一篮半了。"所以，他说我们最好把太小的松茸留下，不必带走。

护林人的小屋似乎位于松茸生长的中心地带，小屋四周有许多成群的松茸。于是我们又在附近寻找了一番，这次我们专心地寻找个头较大的松茸，小的则任其继续留在土里，等待将来一日它们长大的日子。最终，我们一共摘了三篮子，称一下，总共有二十二斤。

我们决定前往龙王山[1]山顶享用便当，于是便穿过树林沿着山脊前行。这时，云似乎已经从山上散去，阳光从缝隙中洒落下来。

到达龙王山山顶时，秋日的晴空再次出现，野漆、

---

1 龙王山：位于日本冈山县仓敷市儿岛西部的一座高山。

杜鹃和各种秋草，幸福地享受着午后的暖阳。

龙王山是从足守町能望得见的区域里最高的一座山。从该地的东边开始，金黄色的田地一段一段地变高，逐渐来到杂木林，接着则是茂密的松树林。在松树林的最顶处，有五六棵松树好像鸡冠一样高高地耸立着，从远处看，这个特征也成了该地的标志。从冈山坐火车来到这里时，隔着很远的距离就能隔着低矮的山看到这个鸡冠形状的松树阵。

进入足守町，总感觉像是被它拥入了自己的怀抱一般，龙王山山顶的松树仿佛就是这片和平的山谷地区的守护者。我在此地出生，五岁时离开了故乡，这片松树林始终俯瞰着我，直到十八岁我都没有再回来过。即使是在我离开它的这段很长的时间里，这片松树林也依旧留在我日渐模糊的记忆中。在那以后，我曾四度归乡，每次仰望它们，内心都会充满怀念之情。

在松树下的树根上席地而坐，妻子、弟弟、妹妹及其他一行人一起打开了仆人肩上背着的便当。咸味的芝麻饭团，煮好的香菇、高野豆腐[1]、虾、竹轮[2]和蒟蒻分发给了每一个人，所有的食材都美味极了。捡来枯枝

1　高野豆腐：日本的一种豆腐加工品，将豆腐冻干后制成，使用前需要提前浸泡。

2　竹轮：日本传统食品，把鱼肉泥、面粉、蛋白、调味料混合，裹在竹签或细木枝上并以火烤或蒸熟制成。

金松雖与羅漢
松相像終蒙傲
猴又不結子即
此ヶ辨

生火，用茶壶泡茶、用葫芦盛装的美酒斟入酒杯中。这大概是我第一次真正地享受到了郊游的乐趣，内心非常愉悦。

放眼望去，目之所及尽是广阔的稻田位于平原之上，稻田里长满了金黄色的稻谷。稻田的边界是山，远处可以看到冈山县内的山，譬如有着"鬼之釜"之称的新山[1]，从城市里看不到的宫路山背后的高山全都一望无垠，山连着山，再远处就是山阴道[2]了。在稻田中能看到足守町的市貌，建筑物排列得很整齐。我还能看到小学校园内宽广的操场，地面白得闪闪发光。蜿蜒流淌的足守川也能看见，还能看到列车到达足守町。这一切都沐浴在明媚的阳光中，显得格外的美丽和壮观。

此时，我们需要下山，穿过龙王山陡峭的松林。我们极力稳住脚步，一边抓着松树的树干，一边扶着低矮的树木朝着山下走去。由于坡度骤然陡峭了起来，女伴们手持拐杖，努力地下山的样子看起来十分惹人怜爱。

此处的松茸就很少了，在护林人为我们指出的地方，我们还是摘到了五六斤的松茸。之后，我们沿着四周全是红色的松树林的地方一直往山下走去，一直走到了松树林的尽头。

这一带分布着各式各样的杂木和杂草，秋日红叶已现，又红又小巧的果实若隐若现。妻子和妹妹折了一些树枝，仆人则折了松树的青叶，用它们盖住香气四漫

1　新山：位于冈山县总社市黑尾境内。

2　山阴道：从古代到中世纪，指日本本州西部日本海一侧的一个行政区划，以及穿过该地区的主要道路。

的松茸。此后，大家再次就地休息，午后的阳光斜射过森林，洒在我们身上，我从头到背都能感受到暖阳，仿佛渗透到身体里一般。此时，草丛中传来了虫鸣声。远处，则传来了如栗耳短脚鹎[1]发出的尖锐的鸣叫声。更远处，孩子们玩耍的声音断断续续地传入耳中。我们已经走了很长一段路，离城镇已经不远了吧，脑海中虽然这么想着，但我们依旧坐在草地上，尽情地享受着静谧和阳光。我说："感觉寿命都延长了似呢。"之后的一阵子，我们依旧继续待在了原地。

就这么待了片刻之后，我们离开了此地。很快，我们来到了森林中的坟墓，本以为我们已经下山了，可是眼前只见森林之外的、一户种着明丽的大波斯菊[2]的农家后院，大波斯菊似乎栽遍了这附近的乡村。

这里离足守町已经不远了，我们再次穿过稻田和葵桥，回到家中，泡了个澡，为在东京的亲戚朋友包好了松茸。

夜色已深，秋夜的星空在龙王山上平易近人地闪耀着。

---

1 栗耳短脚鹎（Hypsipetes amaurotis）：鹎科短脚鹎属鸟类。分布于日本、朝鲜半岛以及中国东北、河北、浙江、上海等地。

2 大波斯菊（Cosmos bipinnatus）：菊科秋英属一年生草本植物。

烏臼木

若山
牧水[1]

家之
巡礼

1　若山牧水：1885—1928，日本和歌作家，著有《秋风之歌》《白梅集》《木枯纪行》等。

这种树之所以被称为"臭木"，是因为这种树的树叶和枝条都散发着臭味。
但摘取它树上长出的嫩芽，煮过之后，那股臭味就会消失，
转变为口感极佳的一道小菜。

　　我先摘取了一些野蒜[1]来吃。搬到这里时，我就发现了这种植物，时下正值采摘的季节，我便在三月初就挖了一些出来，这里的野蒜看起来略显肥大。这片田地直到去年春天，一直是桃园。农民们把桃园里生的草拔起，扔在一整片都是松树的树林里，将其放在松树的影子下面。这些每年都被丢弃在树下的草逐渐腐烂，最终将土壤转变为腐叶土[2]，数不清的野蒜就生长在这种腐叶土之下。将它们稍微煮一下，蘸着醋味噌[3]来吃。这是一种带有初春时节特有的香气和苦味的、风味独特的食物。

　　正如神武天皇[4]写的诗歌中所唱："摘野蒜、摘芹菜……"，我小时候也常在故乡摘野蒜和芹菜。野蒜生长在田埂边，而芹菜则生长在潮湿的土壤中。不知为何，摘野蒜的行为总会让我联想到我的双腿不便的姐姐。想来也许我们曾经一起去摘过一两次吧。我脑海中还依稀记得她趴在水田边摘野蒜的身影。

　　我们还经常去摘嫁菜[5]。嫁菜是我妻子先发现的，

1　野蒜（Allium macrostemon）：别名小根蒜、山蒜、苦蒜等。

2　腐叶土：又称腐殖土，是植物枝叶在土壤中经过微生物分解发酵后形成的营养土。

3　醋味噌：日本的一种调味料，主要由味噌、醋和糖组成。

4　神武天皇：又称神日本磐余彦天皇，是日本第一代天皇。

5　嫁菜（Aster yomena）：日本特有的野生多年生草本植物，菊科紫菀属。多生于潮湿的环境中。

野蒜

甲申
田道真写
荻
寛廿有四

桃

丑年姑洗初八月
寫照

桑

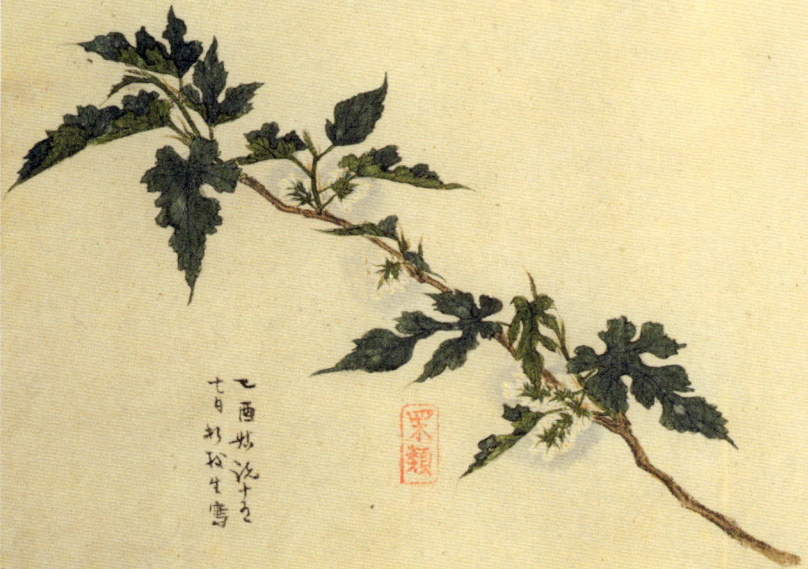

乙酉姑洗十有
七日邨松生寫

她也很喜欢采摘这种植物。我家的东边是桃园，北边则是桑树园，平时只有两三位农民经过的桃园和桑园的田埂上长满了这种植物。正当我们厌倦了菠菜的时候，这种菜就成为餐桌上偶尔的美味享受。

蒲公英的根与牛蒡[1]一样，可以做成"金平[2]"。因为蒲公英根更软，所以口味与牛蒡有些不同，但也非常好吃。我过去在东京上学的时候，曾在户山原[3]挖蒲公英根，将其带回我借宿的人家之后，让管家困扰不已。虽然十分稀有，但我在蔬菜店里也曾见有人买过，但在此地，并没有人关注它。

我家东边和北边都是农田，西边和南边则从我家庭院起，一直延伸到大片的松树林。这一带是沼津千松林的延续，一直到最近这里都还是皇家的御林，如今归当地县政府所管辖。这片松林大概有两三个，甚至有三四个城市那么宽，沿着海岸分布，长近四里。与其他松林不同的是，这片松林中的松树底下生长着很多杂木，显得很繁茂。松树一般有两三抱粗，高耸入云，其枝干下各式各样的树木生长得茂盛极了。虽然这是一片临海的松原，但在这些树木的衬托下，进入这片松林时

---

1 牛蒡（Arctium lappa L.）：根部可食用。

2 金平：日本的一道家常菜，将切碎的蔬菜与糖和酱油一起在甜辣酱中翻炒而制成。

3 户山原：地名，位于现东京新宿中心区。

蒲公英

草木集

黒蒲公英

牛蒡

草木集

丁亥刻六月廿八日
予庭園雪

雑木

槐
木

总会给人一种深邃的感觉。在这些杂木中，我偶然觅得楤木[1]，甚是欢喜。

楤木的芽非常美味，是春季特有的食材，一到春天，我就会自然地想念这种味道。但楤木之芽绝不是可以轻易到手之物。这种树的树干直得像竹竿一样，树干上长了刺，芽则长在树干的尖端上。有些树有分枝，但更多的树则没有。为了摘取这种长在满是尖刺的树干上的芽，非常费力。那些已经长出叶子的芽，叶子的背面和正面也长了刺。这样的楤木在这片松林中异常之多，从我家的庭院出来，进入到树林之中，立马就能看到四五棵这样的树，我可以在晚酌之前出门稍微摘取一些回来。只不过，假如被树林的护林人发现的话，肯定会挨骂。

在寻找楤木的过程中，我还发现了臭梧桐树[2]的芽。这种树之所以被称为"臭木"，是因为这种树的树叶和枝条都散发着臭味。但摘取它树上长出的嫩芽，煮过之后，那股臭味就会消失，转变为口感极佳的一道小菜。

这两种树之芽都可以用味噌酱拌着吃，食用楤木之芽的时候也可以加点醋。楤木之芽很嫩，体型较大，

1　楤木：即辽东楤木（Aralia elata），其树芽在日本和韩国被当作野菜食用。
2　臭梧桐树（Clerodendrum trichotomum）：多分布于阴暗的环境中，高可达八米。

可以用纸将其包裹起来，将纸沾湿，然后放入还有余热的灰烬中烤一下，这样烹饪好的楤木芽最为可口。野生的土当归芽[1]也可如此料理之后享用。然而，这种烹饪方法只能用于这些野菜在当季最初生长出来的一两棵芽上，换句话说，头一批长出来的芽，是非常珍贵的食材。

从二楼可以望见我的庭院和那片松树林，我看到林中还长满了无数的茱萸树，有地聚集在一起，形成了低矮的森林，其中有苗代茱萸，也有秋茱萸，现在正值苗代茱萸的成熟时节。昨天早晨，我到海边看人们拽起一张大网一齐下海捕鱼，原本同我一起等待渔网升起的两个女儿突然消失了。不久后，她们回来了，兴奋地说："爸爸，把你的手伸出来。"只见二人的袖管里都盛满了红色的、小粒的果实。

在这片松树林里开花的植物中，最早开花的木莓之花已经凋谢了，露出了带着细小绒毛的青色的果实。另一边，在林中的一种常绿树上，被木通之花[2]所缠绕，挂满了枝头。桃园时代留在此地的篱笆上，也缠满了这种藤蔓植物。

1　土当归芽（Aralia cordata）：即九眼独活，分布于日本各地的野菜之一。
2　木通之花（Akebia quinata）：此处指的是五叶木通，木通科属的藤本落叶灌木。

甲甲姑洗未有三日
真寫

木
通

木莓

癸未姑洗初十日真寫

牧水若山

食物之木

父亲对孩子们任意摘食这种果实并无多言，
所以孩子们常常围着这棵树玩耍，
结果孩子们的嘴唇和围兜都被染成了紫黑色，惹得母亲气恼。

　　我是那种一沾酒便能立刻睡着的人。如今的我晚酌一般从下午五点半或六点开始，到晚上七点半或八点就结束了。一旦我喝饱了，就只能坚持醒着三十分钟左右，之后便上床倒头呼呼大睡。到了夜里凌晨两三点，最迟四点我就会醒来，之后便起身坐在书房里。因此我的书房里摆着一个小炉子，每晚都会埋一些炭火用来取暖。

　　最近我的大脑不愿意工作，所以我既读不进书，也无法专心于写作或作诗，我只是一味地抽烟、沏茶，一边浏览报纸杂志上的诗歌，一边等待着天亮。

　　我家育有四个小孩，长子和最小的弟弟是贪睡虫，中间的两个姐妹则醒得很早。她们醒来之后会在床上小声地说一会儿话，然后就起床来到我房间，大约在早晨五点左右。此时，窗户还关着，其他的人都还在各自的房间里沉沉地睡着，所以她们只能来造访我。

　　今天早晨我起得比平时还要早，外面大雨倾盆，发出很大的声响。我小心地把火点起来，一边听着我钟爱的雨声，一边拿起红色的笔开始写作。工作进行得十分顺利，所以我也比平时更早地温了一壶酒，晨间的工作之余小酌一杯也是我多年以来的习惯了。即使只是浅尝，醉意也会慢慢地袭来。此时，姐妹俩一起进来了，因为靠近我的书桌和火炉会被大人们责骂，所以她们总是挤在房间的角落里，低头翻阅那些已经读过很多遍的画报杂志。当然，在书房里交谈也是会受到责备的，但今天早上她们却频繁地小声交谈着。尽管还是有些畏惧，但她们的声音却逐渐变得高了起来，争论着十二、十三什么的，同时伸出手指数着什么。

"发生什么了？"

作为父亲的我也插了一句话。

"喂，爸爸，咱们院子里的果树有十三棵，对吧？"

"不对啊，山樱桃[1]虽说能吃，但不算果树，应该是花树呀。"

于是我也开始数了起来，加上孩子们先前没发现的树，但一共有几棵果树，还是没能数清。

"好，你们接着数，我记下来。"

跟随着孩子们的说话声，我开始在先前半途而废的诗稿上写了起来。

柿子、橘子、桃子、栗子、石榴、夏蜜柑[2]、梨、苹果、葡萄、樱桃、梅子、枇杷、胡颓子、柚子、代代

---

1 山樱桃：此处指的是山樱花（Prunus serrulata 或 Cerasus serrulata），又名山樱，蔷薇科樱属的植物。

2 夏蜜柑（Citrus natsudaidai）：别名卢橘，日本原产的芸香科柑橘属植物，主要分布在日本山口县等地。

橙¹、杏、巴旦杏²、毛樱桃和方才有争议的山樱桃，一共十八种果树。

"哦，原来有这么多种，真是令人欢喜。"

我自己也感到有些吃惊，没想到细数之下竟有这么多种类的果树，想来，这些果树都是从去年春天起就陆续栽种的。

在这之中，柿子和栗子是我最喜爱的水果。我对它们的爱不仅仅是作为食物来看的，譬如柿子的枝叶形态就很好看，栗子滚落在落叶之中的样子则更是妙不可言。这里大概有两三棵树结的是甜柿子，七八棵产的是涩柿子，其中还有几株只有三四尺高的树。甜柿子成熟时，品尝它们的滋味，那就是代表了初秋的味道啊，其中蕴含的水分和甜味若隐若现，十分微妙，这就是甜柿子里的初秋之味。圆的、平的、略尖的、斑驳发青的、已经熟透了的、挂在枝头的、握在我的手心的……柿子的每一种姿态都可爱无比。甜柿子树的树叶红得早，很快便落下了，但涩柿子树的叶片颜色则更深。不过说到底，柿子最美的部分还是它的枝干，粗壮且坚固的瘤状树干，密集地下垂着的老枝，非常值得观赏，遗憾的

---

1 代代橙（Citrus limetta 'Daidai'）：原产于南亚，后传入长江流域地区，再传至日本，在日本常被用作新年装饰，为家庭世代相传的寓意。

2 巴旦杏：即扁桃，又称偏桃，人们俗称的"杏仁"即扁桃仁。

橘

丙戌仲呂廿一月
三鳴

櫻桃

乙酉初夏末百七日
新材一寫

是，我无幸在自己的花园中观赏到这番景象。今年秋天有两三棵树会结果吧。最近，我的小儿子每天都会来这里捡落下的花朵，这些花朵的形态也很有趣味。我多么希望能遍览初秋时节那深红色的景致，希望涩柿子能多在枝头逗留一会儿，直到它们完全成熟。

栗子的花朵和果树虽然显得有些聒噪，但看到干枯的落叶堆中那颗仿佛咧嘴大笑的栗子果儿，乐趣无穷。不仅是栗子果儿，被包裹在其中的栗色果实的形状也十分可爱憨厚。柿子让人联想到乡间的暖阳，而栗子则代表了山野里的阳光。最好吃的品种是野外灌木林中的小小的柴栗[1]，但目前我家种的都是些丹波栗[2]。如今，我家的丹波栗也快要开花了。

柚子，这是我苦心寻找得来后栽种的树，我喜欢等待柚子果实成熟之后，观赏其金黄色的身影。柚子树枝干繁多，长得很密集，形态很是独特，柚子味噌味道也不错。

橙子，可以用来做菜，比如和海滨捕来的竹荚鱼一起吃。

橘子，首先可以作为水果食用。它们在那看似坚

---

1 柴栗：一种野生的栗子品种。
2 丹波栗（Castanea crenata f. gigantea）：丹波板栗，主要产于日本丹波和筱山地区。

栗花

壬午年五月五日
藥露詩填寫

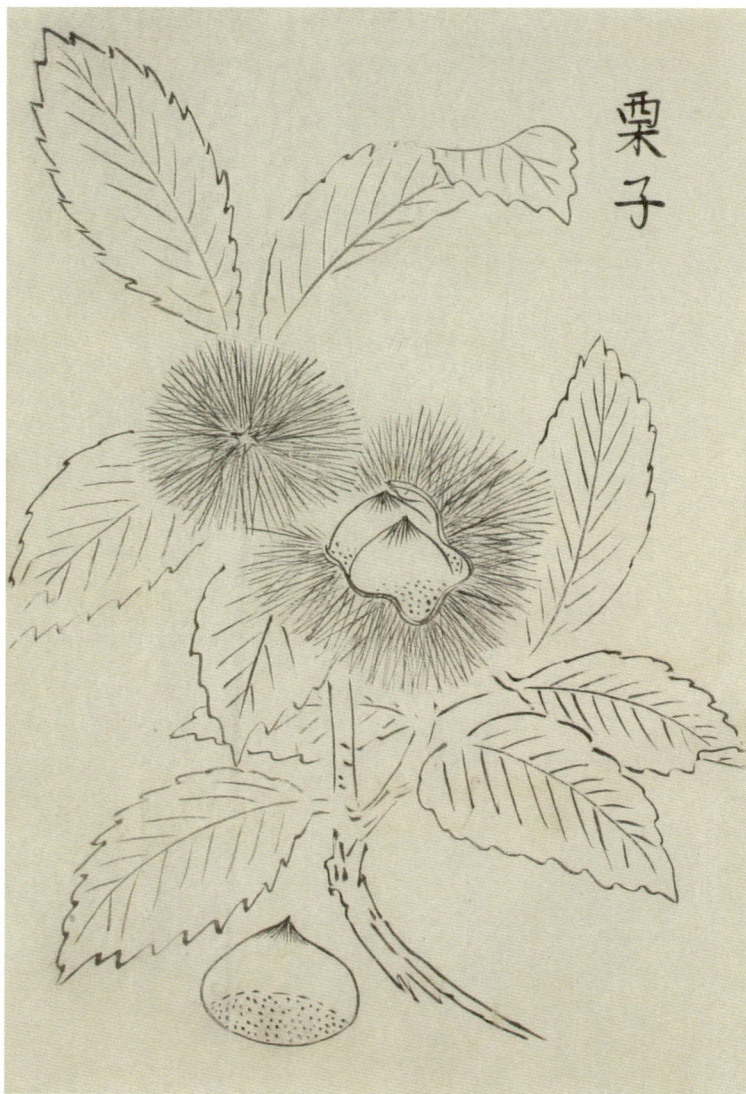

栗子

硬且发黑的叶子的阴影之下，长满了圆圆的、略微发红的果实，这样的画面也别有一番风味，但我总感觉它不如柿子和柚子那般温暖。

柚子、柿子、橘子、夏蜜柑，现在都到了开花的季节。

"白天还好，但一到晚上，花园里便飘满了橘子花浓烈的香气。"昨天妻子如是说道。虽然我从未在夜晚到花园走动，但白天我会在这些树之间徘徊三四次。

石榴也结出了许多花蕾。其中一棵稍微老一些，另外一棵则是很年轻的树。老树结的是水果品种的石榴，而年轻的树好像是供观赏花朵的品种。石榴结出的花蕾很大，石榴的果实也值得人们观赏，无论是挂在枝头，还是摘取下来看它们在桌面滑滚，都很有意境。

梨树最美的大概是花吧。人们通常是将梨树的枝条架于棚子之上，果实们便垂挂在棚下，但遗憾的是，果实都被套上了纸袋。我既不搭棚子，也不给果实套上纸袋，我只愿梨树能够长得像松树那般挺拔，结出如脑袋般大的果实。只是现在我家的梨树还没有我那上中学一年级的长子高呢。

接下来是杏树和巴旦杏树。杏树有两棵，还很年轻。巴旦杏树原本即将到达收获果实的时期，虽然它依旧开了花，但这棵树似乎已经快要枯萎了。这棵老树体

柚

梨

型瘦小，枝条长得还不错，实在是可惜。说起杏树，我想起了一些事情，从信州的松代到长野地区，在善光寺平[1]一带，这里的杏树甚多，不论是城里的居民还是郊外的农家，几乎每家每户都种了几棵杏树。值花期之际，爬上附近的山丘俯瞰平原，所望之极都被杏花所覆盖。让我觉得有趣的是，当村里杏花盛开之时，山上的雪却还未融化。就在这个时节，充满生机的灰喜鹊从雪

1　善光寺平：地名，日本长野盆地的俗称，以长野县千曲川下游的长野市为中心。

杏

折枝一圖

政乙囬夾鐘十百六日

果次類

山一路飞到了人们居住的村庄里。灰喜鹊的羽毛非常美丽，且它们不太怕生，经常停留在我所住松代町旅馆庭院的树梢上。鸟儿们偶尔也会飞到餐馆的庭院里，就在紧挨着窗边的树枝上玩耍。所以只要说起杏花，我就会想到这种美丽又稍显愚笨的鸟儿。

梅树。大致数了一下，有七八棵，其中大部分都是野生梅树，其花朵稍小，果实亦然，枝干和叶片都显得十分细密。还有一株杏梅[1]、一株红梅。梅树之花在正月末时开一两朵刚好，花朵的颜色褪去之后，它们依旧还停留在枝头，显得有些寂寥。相比梅花，我更喜欢看它们的果实，圆圆的青果挂在黢黑的枝干上，惹人怜爱。这些树木矮小，不及孩童的身高，它们在绿叶下的阴影中结满了梅子，大概有十几个，甚至二十来个。当这些果实变得发黄自然落下时，亦是很美的风景。

枇杷树。据说种植枇杷树会导致家中出现疾病，所以我的妻子和其他家人都强烈反对种植枇杷树，但我依旧还是种了两三棵。如今果实已经快要成熟变色了。这种树木的花在寒冷的季节开放，常常有日本绣眼鸟[2]

1 杏梅（Prunus mume var.bungo）：枝叶粗壮，酸味很少，与杏子相似。据说唐朝时期由日本使者带到日本九州，之后在日本各地广泛种植。

2 日本绣眼鸟（Zosterops japonicus）：小型雀形目，绣眼鸟科鸟类。

巴旦杏

真寫 丙戌姑洗初九日折枝

木類

紅
梅

在花旁鸣叫。

　　桃树。这块土地到去年为止还是一片桃园，修整重建的时候本可以留下一些树，但由于一些事情，全部被砍掉了。现在只剩下角落里的十来棵桃树，叫作"天津桃[1]"。虽然这种桃子的味道一般，但个头儿很大，呈深红色，并且花朵鲜艳。桃子总是被袋子套着，通常，桃子都是归孩子们的。

　　山樱之果。在樱花中，我最喜欢山樱。这种树很少见。染井吉野樱[2]随处可见，而我却特意请求富士山脚的朋友从山中挖了三四株过来。其中一棵树虽然瘦小，已是相当年迈之古树，但去年和今年都开满了花，它的花有着一副清净无瑕的姿态。接着，这棵树结了许多果实，小巧圆润的黑紫色果实。父亲对孩子们任意摘食这种果实并无多言，所以孩子们常常围着这棵树玩耍，结果孩子们的嘴唇和围兜都被染成了紫黑色，惹得母亲气恼。

　　樱桃和苹果，都来自北方大地，所以这在沼津[3]的海岸边出现，是有些出人意料的。苹果树的花开得非常

1　天津桃：据说在明治时期由中国传入日本，这种桃子的果实略尖，果皮呈深红色，是日本传统故事《桃太郎》的原型。
2　染井吉野樱（Prunus × yedoensis）：又名东京樱花、日本樱花，是一种樱花的杂交种，是目前最广泛种植于日本的樱花，也是常见的园艺品种。
3　沼津：位于日本静冈县东部的一个城市。

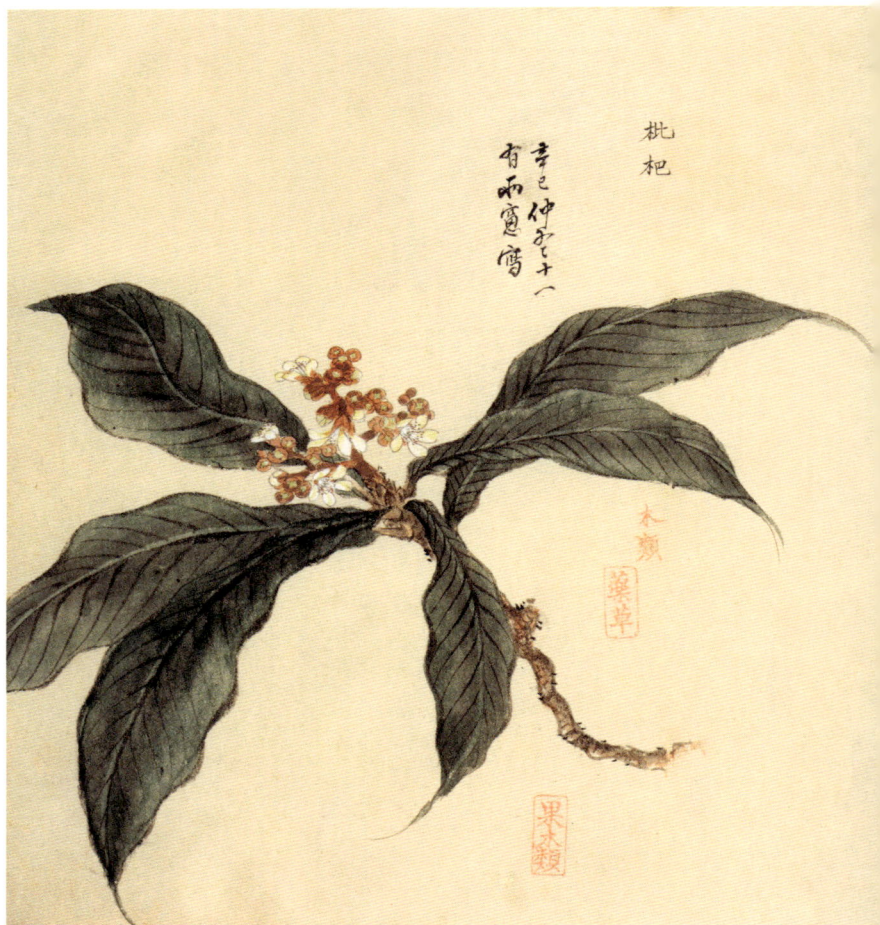

枇杷

辛巳仲冬之十一
有雨窗窗

美丽动人，听说苹果的果实长到一定大小后就会自然地掉落下来。樱桃树今年意外地结出了很大的果实，甚至与山形和秋田[1]一带的樱桃相比也毫不逊色，明年我打算为它们施以充足的肥料。

茱萸。这株茱萸算得上很壮观了，它既不是苗代茱萸，也不是秋茱萸[2]，而是所谓的"西洋茱萸[3]"。这是一棵从根部分开，形成众多分支的大树，十分茂密。在其适应水土之后，经过人工施肥，叶子和枝条显得格外茂盛，色泽光亮，结出了无数的果实，现在正好是果实成熟的季节。圆圆的、拇指大小的鲜红色果实，从一根根枝条上密密麻麻地垂下。由于昨日下雨，有两三根枝条因为过重而坠到了地上。叶片翻了个面儿，呈现白色，在雨中显得格外美丽出众。

山梅[4]。山梅的树、花朵和果实都非常可人，我对它有很深刻的回忆。过去因为要打扫房间，母亲暂时将卧榻之处移到了凉爽的走廊上，而我就是在那时来到人

---

1 秋田：日本地名，山形县和秋田县均为传统的樱桃产区。

2 秋茱萸（Elaeagnus umbellata 或 Elaeagnus umbellata var. umbellata）：又名牛奶子、小叶胡颓子、夏茱萸、唐茱萸、甜枣、剪子果、秋胡颓子等，为胡颓子科胡颓子属落叶灌木，高度可达 4 米，果实可食用，也可作为观赏植物栽培，分布于东亚及印度。

3 西洋茱萸（Cornus mas）：中文称为大果山茱萸，山茱萸科下的被子植物。南欧、亚美尼亚、阿塞拜疆、乔治亚、伊朗、土耳其、黎巴嫩和叙利亚的原生物种。

4 山梅（Prunus tomentosa）：也称为毛樱桃、海桃、山豆子。

世的。走廊边缘处有一棵很漂亮的山梅树，结满了果实。母亲说，她就是在眺望着这些红彤彤的果实时生下的我——每当看到走廊边缘那棵美丽的山梅树果实成熟时，母亲总会对我讲起这段往事。所以，当年的我作为一个小孩，总觉得这棵山梅树就是我的朋友。前年，时隔多年再回故乡，发现那棵树已经枯萎了。于是我便特别花费心思，再种了几棵新的山梅树。虽然目前这些树还很矮小，看不太出来是什么，但它们已经结了五六个果实，现在已经逐渐开始变色了，我打算再多种两三棵。

桃

正冈子规¹之小院

1　正冈子规：1867—1902，日本俳句诗人，明治时代文学宗匠，著有《病床六尺》等。

天晴时，我会把椅子放在附近，在别人的帮助下，
将自己挪到那张椅子上消遣时光。
我不止一次地摘掉胡枝子芽上的小虫，趣味盎然。

　　我家有一处大约二十坪的小院。这个园子位于房子的南面，院外林立着上野的杉树。因为郊外盖的房子稀疏，蓝天得以在院子外舒展，我也可以充分地欣赏云彩和鸟儿们的飞翔。在刚搬到这里之时，这里只看得到被开垦为竹林的踪迹，几乎不生草木，像是一个裸着肌肤的院落。后来，房东种了三棵小松，让庭院稍微有了些生气。邻家老媪送来的玫瑰苗栽上之后，四五朵玫瑰花为庭院添了不少情致。某一年，我随队前往辽宁金州，归途时生病了，在须磨[1]度过了半年计划外的日子。回到家时，正值秋天将要结束的时节，院子里的景象比去年还要落寞，几株白色的菊花歪斜着身体，开出了花朵。面对此景，我静默地回忆起了昔日的情景，万千感慨涌上心头，拖着孱弱的身躯，我活着回来了。抱着庆幸之心，情不自禁地吟诵，"三径就荒，松菊犹存……[2]"，眼中噙满了泪水。这些寻常可见的花，这方狭小的庭院，竟然能如此打动人心，我感到了一些意外。假如日后我病情加重，无法站立起来、无法外出，这小小的庭院就是我的天地，花和草是唯一的诗意之源。比起在牢房中呻吟，更加幸福的事，莫过于这方

1　须磨：位于日本神户。

2　出自陶渊明《归去来兮辞》，园中三条小道杂草丛生，但松树却郁郁葱葱，菊花在霜露中开得绚丽多彩。意思是指无论世界是繁荣还是衰落，真诚与美都始终存在。

圆十步以内的芳香花朵了。次年春天来临，天候渐暖。一日，外面的鸟鸣声清丽无比，久病的我打开房间的窗户，靠着窗边，顺便放松因读书而疲倦的双眼，草和树木朝气蓬勃，它们的生机仿佛在小小的掌间上跃动着。还带着些许寒意的微风吹过衣裳的缝隙，很是舒服。邻家老媪赠送的胡枝子刚剪完枝，也长出了新的绿意，看它那挺拔的身姿，不禁让人联想到秋天的风景。过了正午，一直到夕阳洒落的时分，我在米槠[1]的影子下无所事事地度过，我仿佛醉了，又似乎是疲了。

　　一直因病痛和体寒而饱受折磨的我，在此时如同被赋予了新生命的幼儿，内心以为自己将与胡枝子的新芽一起健康地长大。时不时看到黄色的蝴蝶飞入院内，在花间徘徊，我的灵魂也冲破了身体的束缚，与蝴蝶们一起寻觅花香。停在新芽上休息片刻，飞过低矮的杉树丛，绕过邻家的庭院，再次飞回松树的枝头。一会儿又停留在水盆上方，随风高高飞舞，隐没在对面的屋顶，我不禁怔住，失神了。忽然，我感觉身体发热，浑身不适，于是回到卧房，关上拉门，钻进被窝。仿佛似梦，又仿佛似幻觉般，我在广阔的原野中，与飞来飞去的蝴蝶一起狂舞着。狂舞中，数百只蝴蝶从四面八方飞来，

1　米槠（Castanopsis sieboldii）：又名长椎栲，在日本温带雨林中常见的一种乔木。

杉

란

仔细一看，原来这些蝴蝶都是身姿娇小的神之子。空中响起了乐曲声，他们一边舞蹈一边飞翔。我也不甘落后，毫不犹豫地踩着荆棘，穿过野草，一个不小心跌入了川流中……醒来时，发现睡衣已被冷汗浸透，体温大概升到了 39℃以上。

　　繁花似锦的盛夏已过，当小杜鹃鸟的鸣叫声在耳边响起时，红玫瑰和白玫瑰满开了，香气四溢，颜色也很漂亮，但在我的庭院里，最美丽的时节当属胡枝子和芒草最为繁盛的时候。比起去年，今年的胡枝子长得更加茂盛，初夏起，枝条就开始蔓延，别具生机。今年的叶子颜色也不像去年一样有些发黄，绿色很是浓郁。天晴时，我会把椅子放在附近，在别人的帮助下，将自己挪到那张椅子上消遣时光。我不止一次地摘掉胡枝子芽上的小虫，趣味盎然。八月末，桔梗和长萼瞿麦[1]结出了花籽，牵牛花越来越少，盼望已久的胡枝子也开始逐一绽放。我兴奋不已，掰着手指头数着开放的花朵，心中盘算着，到明天就会是四朵、后天八朵……我幻想着十天后会有上千朵胡枝子花盛开。但后来的一个夜晚，台风猛烈地作响，我内心感到不安，做了噩梦。早上太阳高照时才醒来，我听到庭院里传来了声响。内心忐忑

1　长萼瞿麦（Dianthus longicalyx）：石竹科石竹属植物。

草木集

瞿麥

壬午初夏六橋日寫

雁来紅

地爬出房间询问状况，却被告知原本茂盛的胡枝子灌木丛很多都折断了。我感觉胸口一紧，惶恐却无计可施。假如事先能够预知，我就会在每根枝条上都立上支柱，现在说来令我后悔莫及。去年将屋子房顶瓦片都吹飞了的台风也没造成这样的伤害，也许是胡枝子所处的位置刚好是今年大风的朝向吧。这日，天气晴朗，身体稍微感受到了秋天的气息。我将常坐的那把椅子放在庭院里，用水桶和盆子装水，用来清洗折断的胡枝子身上所沾染的淤泥。但这只徒增了我的脚痛，沾满了泥的枝头上的花蕾腐烂了，最终未能开花，所以庭院里只剩下松树和芒草了。

　　记得去年过了春分之后的一天，森鸥外[1]送了几袋花草的种子过来，我便立即将它们都种下了。除了百日草，其他什么都没有长出来。其中我原本最期待的是雁来红，我非常失望。但在今年夏天，地上忽然长出了芽，这让我感到十分新奇。我去年记下了埋雁来红种子的地方，所以我可以肯定是雁来红。我立了竹子在旁边，细心地呵护它。果然。从长出两片叶子之后，就开始显露出了红色。我兴奋地将周围的杂草都拔掉，等它长到一尺多时，台风来了，所以我很担心它。可是意外

1　森鸥外：1862—1922，本名森林太郎，号鸥外，又别号观潮楼主人、鸥外渔史。日本明治至大正年间文学家，被誉为与夏目漱石齐名的日本文豪。

的是，虽然胡枝子折断了，雁来红却只是稍微倾斜了一点。我将它扶起来绑在竹子上，现在已经长到两尺左右了。雁来红虽然瘦弱，但它摇曳着如燃烧般火焰的红色花朵，垂下枝头的样子非常美丽。过了两三天，住在对面的人家送来四株很大的青葙[1]，于是我将它们也栽到了院中。第二日清晨，我听到有人敲后门，开门一看，中村不折[2]捧着一大株雁来红来了，花上还沾着晨露，中村亲自将其移种到我的小院之后才离去。青葙、雁来红，在闪耀的秋日里，胡枝子迅速凋零，凄美异常。玫瑰、胡枝子、芒草、桔梗……众花众草，遍布满地。为我一手丰富了这个小乐园的邻居老媪，此后搬去了别处，听闻在今年秋风到来前辞世了。

这便是我的那栽满了花花草草的小院。

---

1 青葙（Celosia argentea）：花梗上部形似鸡冠，两侧密布着红、深红、黄、白色的小花，开花周期很长，可久经观赏。

2 中村不折：1866—1943，日本洋画家、书法家。

青
葙

同
時
廿
有
二
日
隨
意

寫

冈本
绮堂

我家
的园
艺

但丝瓜这种垂吊姿态其实别有一番诗意和自然之野趣，
不仅其果实如此，大片的叶子和黄色花朵也洋溢着野趣，
只要你静静地欣赏它们，就能够忘却都市里的尘嚣和烦恼。

搬到上目黑[1]来已经第三年，即将再次迎来夏天。每年秋分过后，我就开始在花坛里播种了。因为这里过去是郊区，土壤肥沃，所以花花草草的生长情况还不错。只要播种后施以适量的肥料，普通的花卉都会开花，所以像我这样的外行人，种植植物也不会太困难。

我每年都会贪心地播下二三十个种类的种子，想要将整个花园变成丛林一般，但这也成了蚊子们栖息的场所。所以我今年决定不再培育那么多的品种。但丝瓜和百日草[2]我还是一定想要栽种的。

也许缘于我是旧时代出生的人吧，我不太喜欢西洋品种的花与草。虽然偶尔也会栽种些许郁金香、美人蕉[3]和大丽花[4]，但舍不得被它们分走太多的土地。同样地，我对原生于日本植物中那些纤弱的品种也不感兴趣，例如桔梗和女郎花[5]一类的显得了无生趣。我最喜欢的是丝瓜、百日草和芒草[6]，其次是向日葵和鸡冠花。

---

1 上目黑：东京地名。

2 百日草（Zinnia elegans）：也称"百日菊"，一年生草本植物。

3 美人蕉（Canna indica L）：因其叶似芭蕉且花大色艳而得名。

4 大丽花（Dahlia pinnata）：全世界栽培最广的观赏植物，又名为大丽菊。

5 女郎花（Patrinia scabiosifolia）：日本七大秋草之一，因其日语名称发音"omina"代表女性，故得此名。

6 芒草（Miscanthus sinensis）：也被称为"中国芒"，日本七大秋草之一。

絲瓜

檀特花

壬午林鐘中二瑩日寫
雨居

美人蕉

桔梗

女郎花

南呂干時辛巳次望日
真鴈

听到我的这些言论，大多数的园艺专家们肯定会觉得可笑极了——冈本绮堂实属外行，不足一提。我自己也有着深深的自觉，但我不想说违背自己内心的话，所以只能这样与读者坦言畅聊，希望大家暂且当作笑谈听一听吧。

首先是丝瓜。很久以前，我就觉得丝瓜甚是有趣，但时隔十年之后，我才能得以再次于自己的花园里种植丝瓜。在大地震之后[1]，我们暂住于大久保百人町[2]，当时我们利用院子里的空地种植玉米，并搭了一个丝瓜棚。那个棚子是我请学生们一起帮忙搭建的，作为业余人士，我们有些担心自己搭建的棚子承压能力是否够强，但它却在那个秋天的强风暴雨中挺了下来，安然无恙。丝瓜的藤蔓和叶子也尽情地生长开来，结了十五六个大果子，我们开心得像孩子一样拍手欢呼。

在那之后的第二年夏天，银座天金[3]的店主送来一幅画于四方形的厚纸上的画作，是式亭三马[4]得意之作的仿品，作为酷暑时期的问候之礼。画中描绘的并不是丝瓜，而是农家夫妇在牵牛花棚下乘凉的情景，也就是

---

1 此处指的是发生于1923年9月1日的关东大地震。
2 大久保百人町：日本东京都内地名。
3 银座天金：店铺名称，银座为东京都内地名。
4 式亭三马：本名菊地泰辅，字久德。日本江户时代后期作家、浮世绘师，与十返舍一九被称为日本滑稽本两大作家，代表作有《浮世风吕》等。

絲瓜

所谓的"花架之下纳凉时"吧。画上附有三马自己写的狂歌[1]：

"无论是葫芦是否已经结果，瓜架之下均可供人乘凉。

快躲到微风拂过的树荫之下吧。"

看到这里，此时的我已经搬回到位于麹町[2]的老房子，市区里的花园没有足够的空间来种植丝瓜，我再次怀念起与学生一起搭建的丝瓜棚来。在老宅里就这样住了数年，时间流逝，两年前我们搬到了上目黑，这次我特意请来专业的园艺师搭了一个很结实的棚子，不出所料，那年的收成果然甚好，直到去年收成也一直很好。

不仅是我家，似乎这里有很多与我爱好相同的居民，很多人家的院子里都种着丝瓜。有的人家搭了架子，有的人家则任由其缠绕在树干上，有的人家的丝瓜甚至顺着屋檐爬上了屋顶，各具特色，非常有趣。也许是因为丝瓜垂挂在藤蔓下的样子显得有些呆头呆脑吧，因此总是被人们所轻视，有的人骂人的时候也会说"呆若丝瓜"。但丝瓜这种垂吊姿态其实别有一番诗意和自

1　狂歌：日本江户时代流行的一种通俗而滑稽的和歌体裁。
2　麹町：东京都内地名。过去曾以此为中心设置麹町区，为千代田区的前身。

草木集

然之野趣，不仅其果实如此，大片的叶子和黄色花朵也洋溢着野趣，只要你静静地欣赏它们，就能够忘却都市里的尘嚣和烦恼。所以，那些轻视丝瓜的人反而才是庸俗之辈吧。

接下来是百日草。这种花也极具自然之野趣，因此容易被一些人认为过于庸俗和廉价。它们在梅雨季节结束时开始绽放，花一直开到十一月末，说起来花期实际超过了一百天。红色、黄色、白色……各种颜色的花陆续绽放，给人一种清爽的感觉。百日草本身是一种生命力很强的花，只要撒下种子就会自然生长，长大之后就会开花。即使不被种在花坛里，在篱笆的角落、房子背后的空地上也能簇拥而生。由于它们太过于坚强，且数量众多，所以有时难免会被人们瞧不起，这与凤仙花的命运相似，但我却对百日草有着深深的喜爱。

炎炎夏日里，看看百日草们也不错。但每当秋天降临，露水渐渐增多，蟋蟀的叫声也越来越嘈杂之时，花朵的颜色会变得更加浓郁，在明媚的太阳底下盛开着，十分鲜艳。说到底，百日草本应属于山野的篱间，而不应身处富丽堂皇的庭院中，但对我们家这样稀疏的庭院来说，实为不可缺少的一种植物。

接下来是芒草。芒草有许多种类，常见的多为丝芒[1]、花叶芒[2]和斑叶芒[3]。但我最钟爱的还是野生的芒草，野生芒草是宿根[4]多年生草本植物，无需播种，每逢时节，都生长得很茂盛。野生芒草在各处繁茂地生长，通常被人们称为"茅草"，几乎不受园艺师的青睐，人们认为它并不适合种在家庭园林中，但芒草在绘画和俳句中却很受艺术家们的喜爱。

"编织十郎的蓑衣，用青色的芒草。"

这是角田竹冷[5]的句子，初夏的青芒草确实有一缕柔和的风情。夏天过去，转眼到了秋天，它们旁若无人般地生长着，这种景象让人感到十分爽快。尤其是当芒草的花穗逐渐开放，在晨风中摇曳，在夕阳下乱舞的姿态，是所有野花野草都比拟不了的，独一无二的景象。

芒草不仅在夏天和秋天都很漂亮，冬日里结霜枯萎的芒草也同样别具诗情画意。待芒草枯萎之后，人们就立即将其割走当作烧热水的燃料，这样的做法是不好的。而那些只把园艺当作一种谋生手段的商人们，也不

1　丝芒（Miscanthus sinennis var.sinensis f.gracillimus）：日语直译，无正式中文名称，芒草的变种。

2　花叶芒（Miscanthus sinensis cv.Variegatus）：也称为"银边芒"，特点是叶子上有黄白色的垂直条纹。

3　斑叶芒（Miscanthus sinensis f. zebrinus）：因带有虎斑叶子而得名。

4　宿根：宿根植物，指的是可持续生长、多次开花、结果，且地下根系或地下茎形态正常，不发生变态的多年生草本植物。

5　角田竹冷：1857—1919，日本大正时期的俳句诗人、政治家。

是值得我称颂的对象。在去年冬天初至之时，我发现池塘边的枯芒草几乎要被收割殆尽，我连忙上前制止，他们似乎把这可爱的芒草当作无名杂草对待了。

市区内狭窄的庭园不适合种植芒草，我从箱根和汤河原[1]等地将它们移植过来，但每年都会逐渐枯萎。搬到上目黑后，我四处搜寻附近的山川、草原、河畔……总算挖得了几株体型较大的野生芒草。众所周知，挖芒草的根是非常辛苦的，学生和我都挖得疲惫不堪，但最终我们还是搬来了一些野生芒草，将它们种在池塘边、篱笆角落等地。我家以前在市郊，所以植物的生长状况很好，有的甚至长到了七八尺高，摇曳着如同白马尾鬃的花穗。看到这番景象，仿佛身在自家花园里便体验到了武藏野的秋天。有的芒草

---

1 箱根、汤河原：均为日本神奈川县内地名。

覆盖着整个小池塘的河岸，遮住了在水中游动的鲤鱼的影子；有些芒草则攀附在方格篱笆之上，压制着下方的草。当我看着这些生命力顽强的植物时，我自己的内心也不由得充满了力量。

继芒草之后，雄姿绰绰、堂堂而立的花便要数鸡冠花和向日葵了。无需过多的赘述，它们都是具有野性且充满雄伟之气的植物。关东大地震之后，人们曾将向日葵大量地种植在简陋的小屋之外，看起来十分壮观。但随着城市规划的逐步推进，它们也逐渐从东京都内消失了。现在，只有在某些偏僻的地方，譬如破败的篱笆墙旁零星地留下了两三株。盛夏里，灿烂的烈日当头，其他植物虽已干瘪无力，但向日葵却悠然地展开了巨大的花盘，这番景象不禁让人感叹——即便是面对酷暑也绝不能示弱啊。

鸡冠花也很靓丽。听闻其种类繁多，但果然还是常见的深红色品种最好看，当然橙色的也很美丽。鸡冠花们接受了初霜的洗礼，在秋日的阳光下闪耀着浓烈的色彩，它们那顶着高大枝叶的姿态，十分亮眼，令观者赞叹不已。不仅是我家的花园，附近人家的篱笆上也种满了这种花，所以秋天散步时我会特意路过各家的花园，这成了我的乐趣之一。相比之下，雁来红[1]则略显逊色，但其叶片自然呈现出的如彩锦般的色彩之美，美得无法用言语形容。可惜的是我花园里栽种的雁来红，年年长势不佳。即便别人分给我一些品质优良的种子，也依旧没有长得更好，这是我唯一的憾事。

当然，我的花园里种的花草远不止这些，但我最爱的就是以上的几种，它们本不属于人类的花园，都是属于原野的花草，即自然的造物。大自然选择了那些不耗费人力、不耗费多余资源的事物，创造出了最有生趣、最美好的景象，这是人类被赐予的来自大自然的恩惠。但人们违背了这种恩惠，耗费无用的劳力、时间和金钱，沉迷于其他那些奇异无比的花草，而那些无条件接受自然恩惠并享受其中之人，则被世人称为"业余爱好者"，被嘲笑是庸俗之人，发出这样的感叹，并不能代表我心胸狭隘吧。

---

1 雁来红（Amaranthus tricolor）：正式名称为"苋"，叶子呈披针形，最初为绿色，夏末开始变色，从顶部看，从中心部开始变成红色、黄色和绿色，随着天气变冷，颜色变得更加鲜艳。

庭院之外，森林之春

牧水 若山

说起这个，昨天傍晚我在森林里摘了一些楤木的嫩芽。
用味噌酱拌一拌，当作独自小酌时的下酒菜正好合适。

通往海边的渔民小径，我的庭院就在这条路旁边。这里原本是一片桃园，我的庭院围墙也维持了当时的状态。木桩已朽，作为横杆的竹子大多也已腐朽，但由于生长于其间的川竹[1]和匍匐在杆子上的藤蔓，勉强地维持着直立的状态，没有倒塌。匍匐于其间的藤蔓有好几种，但最多的还是木通。它的嫩叶以及垂挂在嫩叶中间的花朵非常漂亮。花初开时呈口袋状一样紧闭着，不久之后便张开一道口子，其颜色为淡紫色。

出门向外，沿着围墙根走大约一百多米，小路就变成了森林。在森林的深处，木通也茂盛地生长着。这里树木高大，木通也不甘示弱地向上延伸，从各种树木的枝头垂下其蔓草的末梢。

森林中大多是常绿植物。其中，以奥氏虎皮楠[2]和红楠[3]居多。红楠在日语中也被称为犬樟和玉樟，属于樟科下的植物，红楠树叶的香气也和樟树类似。奥氏虎皮楠与交让木[4]极为相似，甚至连叶柄的红色都一样，只不过奥氏虎皮楠的叶子比交让木的要小一些。此外，

---

1 川竹（Pleioblastus Simonii(Carr.) Nakai）：分布于日本的一种竹子，姿态纤细，所以在日本也被称为"女竹"。

2 奥氏虎皮楠（Daphniphyllum teijsmannii）：交让木科虎皮楠属的常绿乔木，原生于日本及中国台湾。

3 红楠（Machilus thunbergii）：嫩叶和花苞呈现红色而得名。

4 交让木（Daphniphyllum macropodum）：这种树木在春天长出新叶之时旧叶才脱落，因此得名。

山茶

草木集

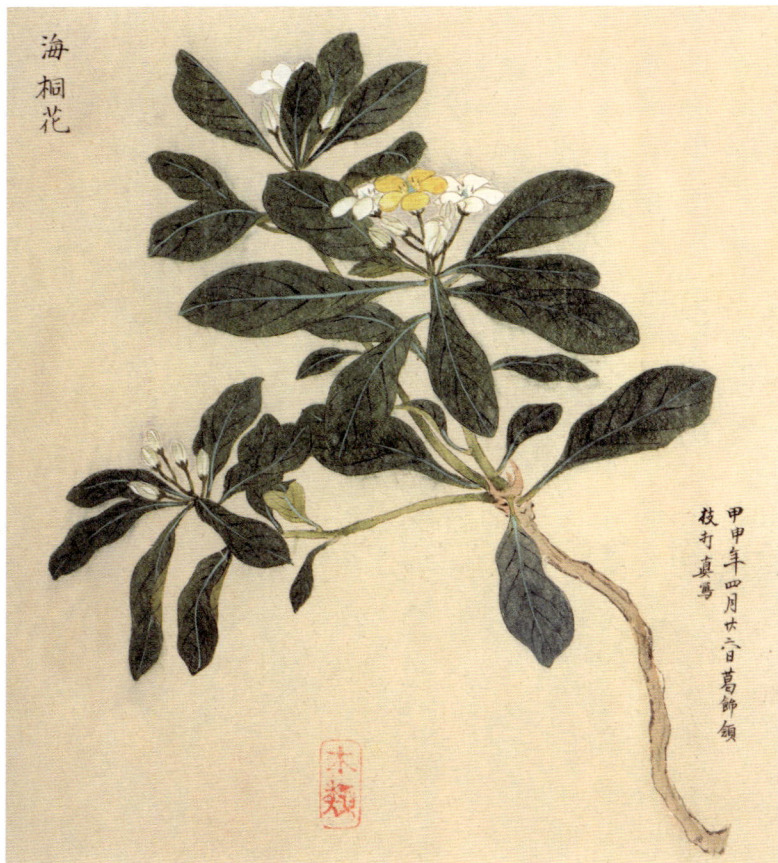

海
桐
花

甲申年四月廿六日葛飾應
枝打・真寫

女貞

保寧卯蒲月十有
一日庭園手採
真寫

苦楝樹

虎杖

乙酉南呂朔日寫

还有山茶花、日本女贞[1]和海桐[2]一类的常绿树也混杂于其中。落叶植物中则有野漆、水楢[3]、苦楝[4]以及其他许多不知名的树木。

这里原本是一片为防海风而栽种的松树林，多年以来，黝黑的松树茂密地生长，而在松树底下，各种植物共生，最终形成了一片森林。有时我甚至忘记了这里曾是松树林，只觉得这里是一处繁茂不已的森林。尽管松树众多，但其他品种的树木似乎更多一些。

如果说这些其他品种的树木是松树下的点缀的话，那么这些树木也有着属于自己树下的点缀。在森林深处长了虎杖[5]和蕨类，在树木较为稀疏的地带则长了茅草和芒草。还有一种很有意思的植物，可惜我不知其名。其主枝干像笔杆一样，直直地生长至约二尺或二尺五寸，分枝众多且繁茂，每根枝上都长有细小的刺。尽管这种树个头不高，但看起来似乎也并不年轻，其树枝的形状显得非常老成。它在春末时节开花，花朵细小而洁

---

1 日本女贞（Ligustrum japonicum）：木樨科女贞属的植物。分布在朝鲜半岛、日本以及中国山东青岛等地。

2 海桐（Pittosporum tobira）：又名海桐花树。

3 水楢（Quercus crispula）：广泛分布于东北亚。

4 苦楝（Melia azedarach）：别称苦芩、楝、楝树、楝子、森树、翠树、楝枣树、紫花树、紫花木、花心树、双白皮、金铃子及洋花森等。

5 虎杖（Reynoutria japonica）：别名假川七、土川七、日本虎杖或日本蓼，是蓼科何首乌属植物。

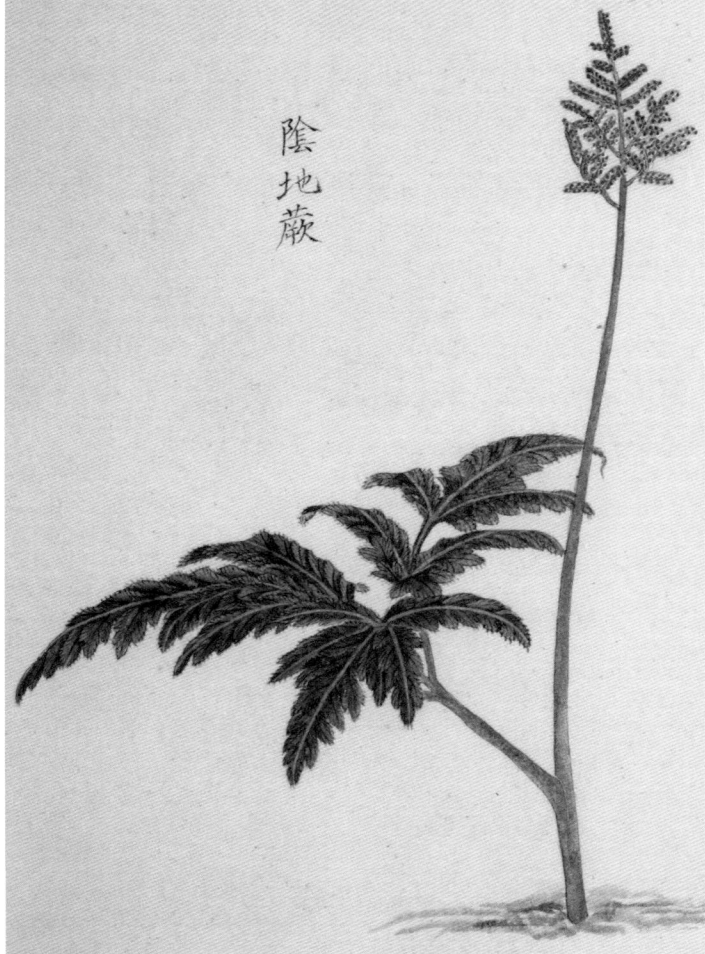

陰地蕨

白；果实则在秋季开始变红，直到第二年的花开放时，仍有一半果实留在枝头，这种果实比南天竹[1]的果子更小，圆圆的果实挂满细枝，十分漂亮。如今，各种树的树根旁都能见到这种植物。

蕨类使得这片森林更加深邃。当我在这片临海的森林中发现蕨类时，我是非常惊讶的，脚底下是茂密的蕨类植物，很难想象这片森林的边上就是自己的住所。

现在正是虎杖嫩芽萌发的季节。当然，在山间的溪水边，大的虎杖是见不到的，只能看到拇指大小的。它们可以直接食用，或者少盐腌一两小时，制成腌菜亦可。说起这个，昨天傍晚我在森林里摘了一些楤木的嫩芽。用味噌酱拌一拌，当作独自小酌时的下酒菜正好合适。

想采摘一些虎杖，故钻到了森林的树荫之下，令我吃惊的是山茶花们。山茶的花期很长，通常从十二月底开始零星开放后，可持续开放到次年三月底，由于今年气候寒冷，所以开花时间较晚，现在正是开得最好的时节。在森林的某些地带，山茶的落花几乎铺满了土地。山茶花树要么独自生长，要么成群地分布。而在这片森林中，它们数量众多，并且与其他常绿植物混合在一起生长。它们中，有地从其他树木中高立而起，朝着

---

1 南天竹（Nandina domestica）：又名南天竺、红天竺，小檗科南天竹属，原产于中国、日本。

阳光盛开，有些则躲在树荫下湿润的地方悄然绽放。

除了山茶花，现在这片森林中最显眼的花当属树莓了。它们在新萌发的柔嫩叶子下，开出洁白无瑕的花朵，它们的树干纤细而柔韧，在风中摇曳生姿。

水楢树在叶子长出来之前就会开花，所以有时容易被人们误以为这花是它的叶子。但如果你仔细观察，会感到一种特有的山野之趣。

但无论如何，这片森林中最夺人眼球的依旧是常绿植物，开花的植物毕竟很少。虽然现在为时尚早，再过一段时间就能看到苦楝树的紫色花朵了。眼下正是各种树木之芽刚刚长出的时节，一片生机盎然。

遗憾的是，我不知道那些各式各样的树木的名字。尽管如此，我依旧可以数出三种或五种外表美丽的树木。它们生出的新芽，如同野葡萄蔓上的结出的珍珠一般，是一种难以言表的美丽。

嫩芽在两三天内快速伸展，一转眼就成了嫩叶，还未等待人们察觉到，就已经长出来了。春天转瞬即逝，昨日与今日已经有了初夏的感觉。树林深处的树莺之声逐渐悦耳，这几天也不再稀奇了。

牧若
水山

树木之叶，
秋风之音

深夜一两点，路边已经无人。在广阔的田野间，
我甚至忘记了抽烟，只有在酒后才能体会到当下这样的感受，
也只有在夜深人静时分才能有这样的经历。

早秋之风声穿过细长的叶子，我欣赏着自己栽种的高粱。

我很喜欢高粱的叶子。如果想要取其果实，最好不要施太多肥料。但倘若想要观赏其动人的叶片，则最好施以更多的肥料。

我每年都会沿着书房的窗前，在这方狭小的土地里种上些高粱。今年，我在高粱的间隙中种了一些向日葵。这两种植物都很高大，一种叶子大，一种则是花大。

虽然我一年四季都早起，但在夏天起得尤为早。清晨三四点钟，我就会打开书房的窗户，倚靠在椅子上。此时，天边已经微微亮起。在微弱的东方晨光之下，这两种植物尽情地生长着。高粱长长的青叶垂下来，此时看起来完全变得黝黑了；向日葵则在清晨时分就开出了鲜艳欲滴的大黄花，朝向天空绽放，眼前的这番景象让我完全清醒了。借着屋内的灯光看过去，高粱的叶子两侧点缀着露珠，再仔细看，发现在叶子的中央竟有一只小青蛙静静地坐着。奇妙的是，这位客人经常都会来光顾这片高粱叶。

蜀黍 黍

向日葵

当我静静地注视着青蛙的时候，忽然从田里传来了蟋蟀的叫声，正当我对这个时节就能听到蟋蟀的叫声而感到意外时，远处又传来了马追虫[1]清脆的鸣叫声。

夏末初秋的气氛，容易让人感到寂寥。

爱鹰山[2]山脚下翻涌的云海，早晨在那儿，傍晚也在那儿，昭示着夏天要结束了。

清晨，山脚边的云朵，洁白无瑕。寂寞啊，团团涌动。

行走在田间的小路，偶尔会看到略显悲伤的银河。

从沼津到我居住的香贯山[3]山麓，需走大约十条田间小路。

我时不时会出城去喝酒。有时与客人一起，有时则独自一人。我多在夜晚时外出，归来已是午夜一两点。

我很喜欢独自一人漫步于此田间小路。

回家的路一侧是一条小小水渠。虽然水流很细，但水清澈无比，水边长满了青翠的草珠子[4]和鸭跖草。

1　马追虫：正式名称为"日本似织螽（Hexacentrus japonicus）"，身体呈绿色，背部有深棕色条纹，前腿和中腿上有长刺，以捕其他昆虫为食。

2　爱鹰山：位于日本静冈县。

3　香贯山：位于沼津站东南约1公里处的一座小山丘。

4　草珠子：正式名称为"薏苡（Coix lacryma-jobi）"，因其果实串在一起看起来像念珠而得名，多生长于湿润的地带。

　　每当我喝醉后，迈着沉重的脚步走过这条小水渠时，总会听到穿梭在草珠子根部的潺潺流水声。我因某次小便或其他事情，偶然注意到了这水声，自此之后，我便像不知不觉形成习惯一般，每次路过时都会侧耳倾听。白天忙碌时几乎忘记了这条小水渠，但每当夜深人静之时，它总是会进入我的耳中。

　　脱下木屐，整齐将它们排好，坐在上面。我的脚自然地垂在鸭跖草茂密的草丛里。就这样，两眼和两耳空空，漫无目的地消磨时光。有时，我会这样呆坐一个钟头。水声静谧地流淌，沁入心扉。我并没有刻意去听，只是让酒醉后的身体休息片刻，享受风的吹拂和这份惬意。深夜一两点，路边已经无人。在广阔的田野间，我甚至忘记了抽烟，只有在酒后才能体会到当下这样的感受，也只有在夜深人静时分才能有这样的经历。

　　原野的尽头，三岛[1]小镇，烟花在月夜的天空中散落殆尽。

　　湿润的衣襟，月夜之路，尘土在空中飞扬。

　　银河清澈见底，夜深了，月亮的影子也出来了。

　　"路边的木槿花被马所食。[2]"

　　这首是我最喜欢的俳句之一，爱诗及物，逐渐地，

1　三岛：日本静冈县东部伊豆半岛北端的都市。

2　此句为松尾芭蕉的俳句。

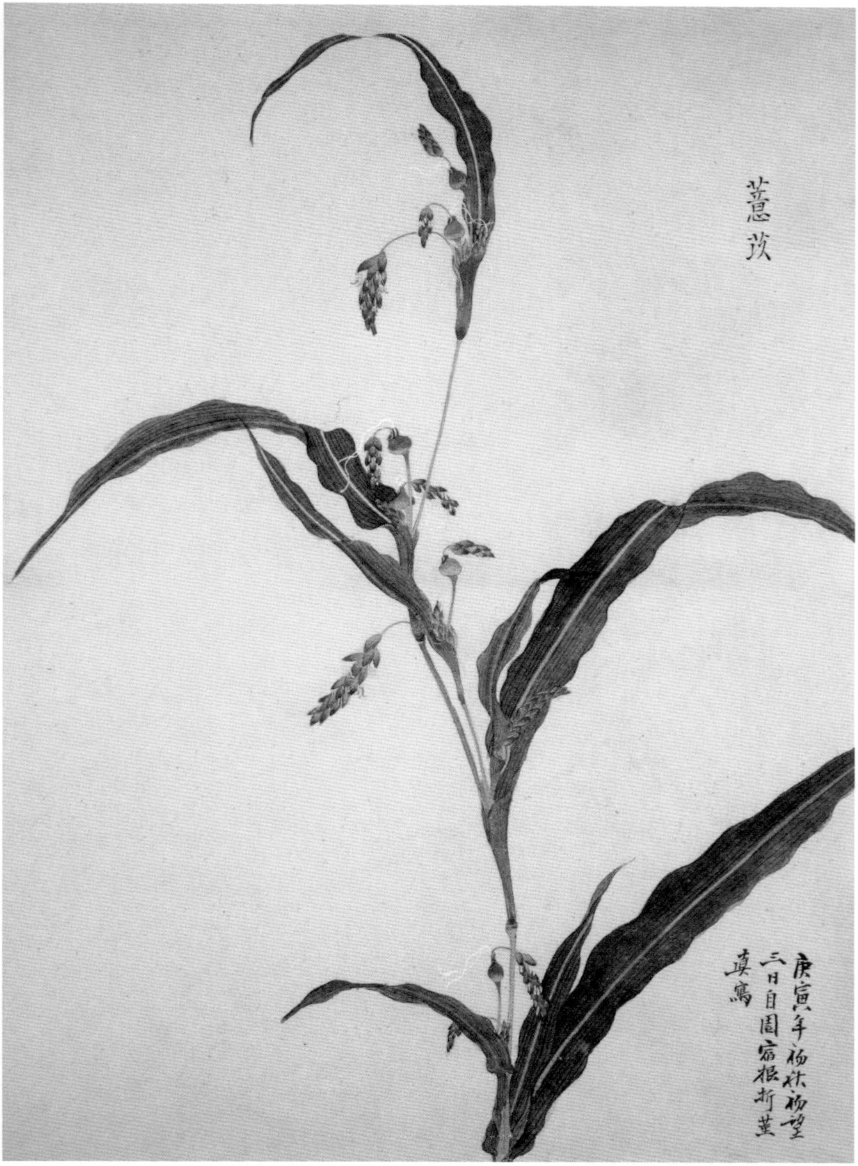

薏苡
庚寅年初秋初望
三日自閩宿根折莖
真寫

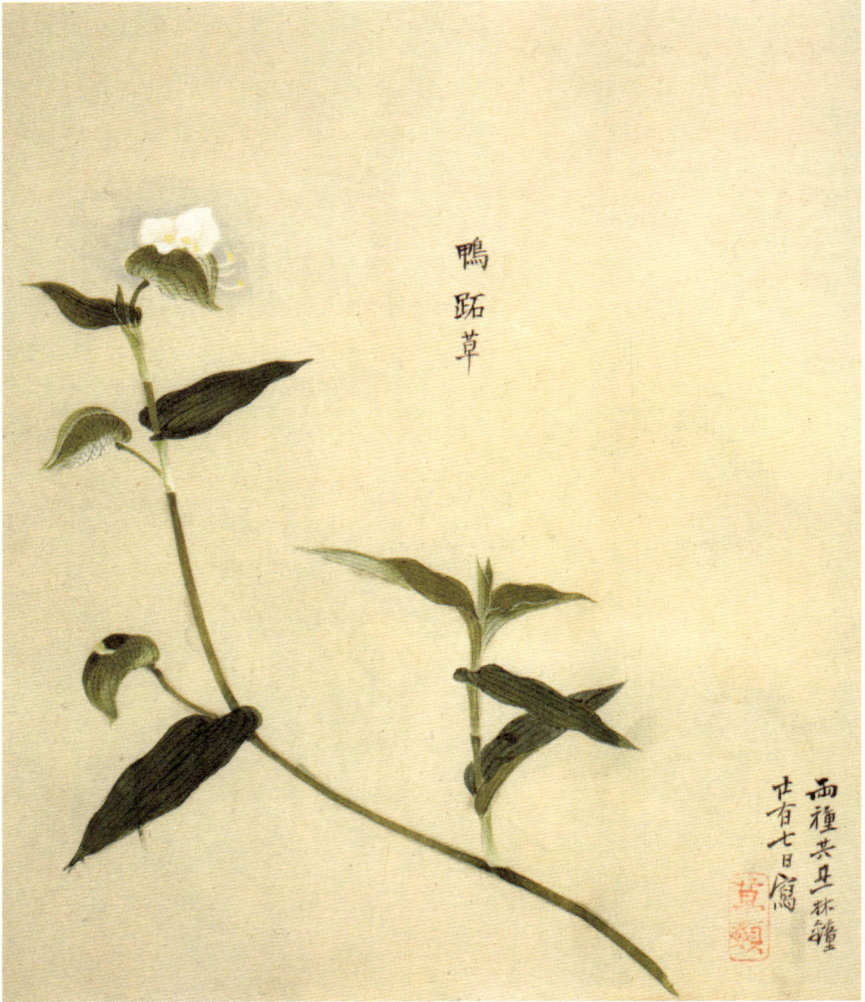

鴨跖草

両種共垂秋鐘
廿有七日寫

木槿花也成了我喜欢的事物之一。

　　最先告知人类秋天已至的花，当属木槿。虽然它在夏天就开始绽放，但正如"土用时节[1]秋风已吹"所说的一样，即使在炎热的盛夏开花，这种花依然蕴含着秋日的气质。这是一种深紫色的、美丽而寂寥的花。

　　山间田埂，麦穗已现，幼小的木槿花成排开放，田间一角，紫色的木槿花盛开，挡住了吹进田野的风。

1　土用时节：日本的说法，7 月 20 日前后。

木槿花

壬午南呂廿有一日
寫真

将胚胎米粒

卷

三

和辻哲郎[1]

树之根

1　和辻哲郎：1889—1960，日本哲学家、伦理学家、文化史家、日本思想史家，
　　著有《古寺巡礼》《风土》等。

想要实现比天高的愿望，不可能从萎缩而弱小的根基开始；
一心向往伟大的事物，也必须对厚实的根基表示敬意。

1

虽然我的房子被松树所环绕，但我几乎未曾思考过松树根在土壤之下的模样。我原以为那美丽的红褐色树干和清新的浅绿色叶子，就是人们所熟知的关于松树的一切。下雨时，受到雨水的滋润，松树显得格外鲜艳。绿色的叶子如同被泪珠沾湿，呈现出深沉而优雅的色彩和光泽。雨后，阳光闪耀，如同早晨的清爽气息在树林的色彩和光影中弥漫着，伴随着爽朗的生机和喜悦的心情翩翩起舞。有时，惹人怜爱的小鸟们活泼地交谈着，在绿色的树叶丛中欢快地来回穿梭——这便是我亲

松

爱的松树啊。

一次，我伫立于生长着松树的一座很高的沙丘旁，侧面的土有些坍塌了，所以我得以窥见这些嵌入沙土之中的复杂根系。原来松树地上的部分与埋于地下的根系相比，形态有着天壤之别啊。一根直立的树干、排列简单的枝条、整齐的针叶，看起来很是欢乐——与之相比，地下的根系，则如同在战斗、挣扎，经历了痛苦，用尽了力气，分叉从主根中分离、新的分叉再从侧根继续分离出来……如同散乱的头发般缠绕，比地上树枝的总量还要多得多，无数粗细不一的根系一齐紧抱大地。我知道底下长着这些根系，但当我亲眼看见这一切时，无法不为之惊叹。自从我与松树长期相知以来，我从未用自己的真心去感受他们埋存于地下的这份苦难。在偶尔吹起的猛烈风声里，我听到了他的痛苦；当久无降雨，酷暑难耐的日子里，我注视着他面露苦色。但无论是发出惨痛的呻吟，还是一脸憔悴，一旦熬过了艰难的时刻，他就很快就能恢复原本的活力，痛苦的痕迹也荡然无存。即使地上如此，他们也从未停止这些避人耳目的地下之生存之战。挺拔的树干和美丽的松叶，五月风里飞舞的绿色花粉……假若没能耐得住苦难的拷问，这些都将是无法实现的。

在那以后，我不仅对松树感到亲切，甚至对所有

植物都产生了发自内心的亲近之情。植物与我们共生共
存，这是众所周知的事，但对我来说，这仿佛成了一种崭新的意识。

220

221

2

　　我登上了高野山[1]，爬到不动坂[2]，放眼望去，无数高大而粗壮的柏树在身边耸立着，我瞬间被它们这庄严的气氛所震撼，果然如世人所说，这是一座灵山啊。这不禁让我对钦点这片土地为圣地的弘法大师[3]的远见而感到敬佩。

　　四周连绵的山脉用这段陡峭的坡道把道路和平原区分开来，坡道上的老树已经饱经几个世纪的沧桑，它们以金刚般的坚毅之心、加以不可动摇的强大力量，高耸入云。树木之间弥漫出的气息仿佛能深入人的肌肤和骨髓，甚至我在心底也涌现出了一股深沉而有力的兴奋之情。

1　高野山：位于日本和歌山县东北部，是弘法大师空海于 816 年开设的真言宗密宗圣地。

2　不动坂：地名，被称为高野山登山道路上最险的一处。

3　弘法大师：俗名佐伯真鱼，日本佛教僧侣、书法家。唐代时期作为日本留学僧，师学今西安青龙寺惠果门下，受赐法号遍照金刚，谥号弘法大师。

檜柏

天保二辛卯年
四月十有六日庭
園林中寫

栢

之后，我将目光移向了老树的根，想必树根那被深埋于地下的热情和生命力已经通过地面之上一尺的树干显现了出来。这座山的土层并不算深，为了支撑这棵挺拔粗壮的树干，想必老树一定用自己同样粗壮的树根尽力向四周扩展，并紧紧地抱住地下的岩石。我感到十分好奇，于是我不禁开始想象，配得上如此粗壮的树干的树根究竟是什么样子的呢？尤其是那些相邻的树木们，我想它们的树根必定也在薄薄的土层里错综复杂地缠绕在一起吧。

的确，大山被强烈的生命力所环绕着，虽然肉眼看不到，但人们依旧可以感受到一股灵气。跃动的生灵们隐藏着自己的努力和威力，神秘的身影让人们升起敬畏之心。

我面对老树，为根基尚浅的自己而感到羞愧不已，我暗自发誓，定要专注于土地之下根基的建立，好在我此刻顿悟还不算为时已晚。

3

欲成长之人，必先扎稳根基。

一心只想着向上并不可取，首先要努力向下扎根。

4

早早便停止生长的人，是因为忽视了根基。

四十而立之年忽然开出美丽的花朵、结出丰硕果实之人，是缘于其专注于根基的建立。

我的一位友人，有着聪明的头脑、感性的心灵和卓越的文笔，可是他从不向外界发表自己的作品。他因当下的生活不堪重负，甚至否定自己存在的价值。但这都是因为他的根基遭遇到了地壳的阻碍，而他正在竭尽全力突破。当他终有一日突破阻碍的时候，他会带来怎样的飞跃呢？——我对他的前程坚信不疑，因为根基牢固的人一定不会结出贫瘠的果实。

5

　　古代的伟人们善于构筑雄厚的根基，因此他们留下的作品经得住后世的反复品味。

　　现代社会的人们哪怕没有忽视对根基的建立，也会安于将自己置于小小的花盆中，各自履行工作。人们终日思考，如何才能培育出稀有的品种？如何才能按时、按指示结出果实？……生活里的一切都过于人工化了。

　　想要实现比天高的愿望，不可能从萎缩而弱小的根基开始；一心向往伟大的事物，也必须对厚实的根基表示敬意。

6

为了生出茁壮的树根，尽可能选择适合树木的土壤；为了结出可口的果实，尽可能施以培育树根的肥料。

激励学生对自己的根基产生热情，为他们指明根基所喜好的土壤之所在，再将几千年来前人们积累和沉淀的养分供给后世来人的根部，这是教育事业的目标，尤其是赋予大学教育的任务。

大学是否会沦为花盆中的植物呢？这取决于人，而非制度。倘若管理者不重视学生们根基的建立，那么任何所谓制度的改革者最终都不过是五十步笑百步罢了。

7

教育即培养。为了使教育行之有效，教育者们首先必须扎根于生活的土壤。

人们是否已经忘记了根的本性？不论肥料多么珍贵，如果植物对其没有吸收能力，那也是毫无用处。我从不认为我们缺乏提高教养的时机和素材，我们只是忘记了我们现在所拥有的根基太过于薄弱。

是时候注重巩固自己的根基了！

柳田
国男₁

野草
杂记

1 柳田国男：1875—1962，日本民俗学家，著有《远野物语》等。

欲在国土之上兴起广泛而通俗的文学和艺术，首先要解决命名的问题。
诗歌和咏物诗的问题虽小，但如果所有事情都是这样，
那文人之笔舌将被束缚，深刻的情感也无法优雅地表达出其风骨。

1

　　自打我住在喜多见之原 [1] 以来，今年已经迎来了第十个春天。十年间，草与树木的巨大变化，谱写成了历史的一部分，相比之下，住在此地的人们则宛如岩石般，一成不变。起初，我们因为习惯了城市里的生活，所以就连门庭前长出的小草都难以忍受。我总会联想起"年年愁处生"的诗句，这让我以为放任小草的生长，就等于对我自己也放任不管了。后来，随着时间的流逝，道路上被铺满了小石子，下雨之后路总是变得泥泞不堪，最终就连那些生根能力极强的植物也销声匿迹了。首先是我家房子周围的胡枝子衰亡了，现如今只剩下了一两丛，它们就像继承祖先血脉的孩子一样被我细心呵护着。黄色的山菊原本得以幸存，但从去年起不知为何，它们也不再开花了。春草只剩下了堇菜 [2]，蒲公英也几乎快要消失不见了。现在还存活下来的小草，大抵都是一些名字不为人知的品种。关于草的名称，我们从六七岁之后就几乎没有再学过了，长大之后也没有专门去了解过相关的知识。正因为此，我们对草所保持

1　喜多见之原：日本过去地名，北多摩郡砧村喜多见，位于现东京世田谷区成城一带。

2　堇菜：全称为东北堇菜，《台湾植物志》中被称为紫花地丁。

菫花

于時文政七甲申年
姑洗月十有三日
予蘭生眞寫

花艸

紫花地丁

蒲公英

的原始而纯真的喜爱才得以保存和传承了下来，当我们温故而知新的时候，感叹涌上心头，同时也让我们意识到，历史长河中有多少伟大的事迹因人类的无知而被忽视了。

2

对这一带的农民来说，杉菜是最惹人厌的草了，甚至有人夸张地描述它的根深达地狱。我的房子外围刚平整过的田地里，尽管每年都有孩子们前来观望，却从未生长出过一根杉菜。我很是好奇，细心地观察杉菜到底生长在什么地方，发现它们有时会长在潮湿的田埂上，有时则生于荫蔽的小树林之中，在这些地方常常会意外地发现它们数量众多的站立于土地之中。

杉菜对环境的要求算不上苛刻，但有趣的是杉菜似乎特意避开了人类居住的地方，而选择在隐蔽的地方繁茂地生长。庭院里的土地都会被人类所踏足，而作为开拓者的野草们则不喜欢这样的环境，这不仅仅是生根和土壤养分的问题。在这一点上芒草的习性也与其十分相似，当季节来临，附近的一块空地就会完全被芒草所覆盖，虫鸣声四起，隔着小路望去，芒草一齐摆动的样子并不是在打招呼，而是在对着人们示威。风吹过时，芒草的绒毛随风飘散，但它们却几乎不会在我的庭院里扎根。我过去曾努力将它们拔除，但现在我甚至想从空地里移植一株到自己的院子里了。相反，千里竹¹则躲藏在草丛中，在附近的空地里它并不会引起人们的注意，但它们的根部从未停止向外蔓延。无论是小路间还是草坪上，甚至在篱笆下，隔着五六座房子远的土地上，总会有细如丝的竹笋冒出来。遇到这种情况的时候，我不得不用剪刀将它们剪短。竹类植物实为最亲近人的植物之一，不知道它们对鸟类会有着多大的吸引力呢。

3

另外，关于"竹似草²"这种野草，也是来到了这片土地之后才得以深入了解。郊外新盖的房子，一旦受到这种野草的侵袭，人们便会以为此地大兴建筑的时期

1　千里竹：日本特有的草本植物，多于日本西部的山区和田野中群生，高可达3米。茎秆粗壮，叶子长而尖锐。

2　竹似草（Macleaya cordata）：正式名称为博落回，罂粟科草本植物，广泛分布于中国秦岭—淮河以南各省及日本中部。根呈橙色且粗糙，粗壮的茎中空且直立。叶柄长，叶片为心形，叶背面布满细毛。日语中被称为"竹似草"。

尚短、此地不适合建筑楼房，其实只要对其施以处置，它们便会同芒草一样，很快便被清除了。有的人并不知道日本也有这种草，或者很多人都会以为它与小蓬草[1]一样，是远道而来的舶来物种，这样的误会以后也会成为一段历史吧。其实，竹似草的生存机会相当有限，当土壤被翻新，阳光普照，静静生长的小草还不多时，它们才能生长。就好比是殖民地上的第一批自然移民一样，只能短暂地繁荣一小段时间。这种植物的枝叶呈褐色，有一股臭味，据说是有毒的。但最令人印象深刻的，还是它那有着热带风情的外观，个头很高，有时甚至能长到令人仰视的高度，同时，它们也会结出大量的种子，难免令人担忧这些种子假如四处飞散的话该怎么办，但这种情况就像鱼卵一样，大部分都无果而终了。我刚搬到这里的头三年，也视竹似草为眼中钉。所以我从未允许它们长到超过脚的高度。我忍受着流入手指间污秽的汁液，小心翼翼地拔起茎脉，自以为它们会顺势被连根拔起，但总是在中间就断开了，这令我感到更加

---

1 小蓬草（Erigeron canadensis）：菊科飞蓬属的植物。分布在北美洲以及中国大陆等地，生长于海拔 350 米至 3100 米的地区，多生于荒地、田边、旷野和路边。

厌烦。然而，实则极少见到这些被遗留下来的老根再次复活，虽然如今偶尔还能看到它们的种子飞到庭院里，长出一两寸的小芽，十分矮小，与篱笆外的其他杂草完全不可比较。假如人们不知道它们的来头，甚至会将其作为迷你盆栽来观赏吧。但除掉它们已经成为我的一种习惯，就像过去故事中所讲述的，因为惧怕蟒蛇，人们将漂亮的小蛇也一并除去一样，除竹似草的记忆更加鲜明。过去，我曾在上州的利根川[1]的上游玩耍，偶然在路旁看到了一丛竹似草。许是随着沙土飘来，恰逢阳光条件正好，一粒幸运的种子从某处飘来后繁盛地生长。看到这一幕，我不禁怀念起过去的"敌人"，随着时光与空间流离，仿佛成为这个物种的宿命。如今，它们似乎在大城市的周围找到了一处安定的居所，这是所谓的第二故乡，这恰好与我的处境相似。

4

字典中这种草的名称用汉字写作"博落回"，这引发了我的思考，这种草是否一开始就原生于日本，只是

---

1 利根川：位于日本群马县北部。

草
木
集

博落迴

丙戌送春雨廿有
二日村枝一圆

鳶尾

且初夏十五日勤光
久貝氏送一莖同
十七日耕志寫

草頰

櫻

壬午卯月廿有七日真寫

因为没有正式的名称，或者被人们所遗忘了？又或者它与其他品种的外来杂草一样，是无意中进入日本的？似乎没有人会特意给这种草加上名字并将其引入国内，而且这样的说法也无法解释它的分布状况。这样一来，就自然而然地得出结论——它起初便是日本的原生品种。也许，这种草长期以来都没有受到人们的注意，或者即使有人注意到了，也只是局限于某个地方的人，并没有使用全国通用的名称。不论如何，要推翻这种说法，我们只能等待它是外来品种的证据的出现。自然与文学的关联，也值得从这个角度来再次进行深入地思考。奈良和京都郊外，竹似草旺盛生长的机会并不多，即使长出来，也只会被人们所厌恶，所以导致没有文人前来观赏并记录，故没有产生传世的名称。另外，文人笔下所记录的大自然，正如大家所知，实则非常狭隘。说起花，一般只会写梅花、樱花、鸢尾花和菊花；如果是鸟兽的话，则一般写莺、小杜鹃、野猪、鹿。丝毫不夸张地说，这就像人们玩的歌牌[1]上画的图案一样，几乎构成了日本大自然主题文学作品的目录。千年以来，文人墨客们对风雅之物的选择标准十分严格，只要稍微显露出一点庸俗之气，都不会成为咏叹和歌颂的对象，我对这

1　歌牌：又译做"歌留多"，常被误称为花牌，是日本过年时通常会玩的一种纸牌游戏。

秋菊花

辛巳終秋下旬

藻草花艸

一现象一直难以理解。如今文人们的自由度已经高了很多，但咏物的诗歌还是无法像描绘静物的油画一样掀起潮流。究其原因，一个可能的原因是诗歌字数的限制，难以用简单的语言去概括完全。对未知的事物，很难在诗歌中获取一个人见人爱的名称，所以与其说是诗人们排斥这种草，还不如说从一开始诗人们就放弃了想要咏诵它的念头。

畦田翠山[1]的《古名录》中提到，牡丹的别名有"深见草""二十草"等，这类三字词汇在该书中收录了上百种。所有的事物，没有名字就不会诞生与之相关的文学作品，这是理所当然的。也许曾有人尝试给野草命名，但大多是随性而起的、不恰当的，所以无法得到世人的认可，更没有在日常社会流传，扬名天下。欲在国土之上兴起广泛而通俗的文学和艺术，首先要解决命名的问题。诗歌和咏物诗的问题虽小，但如果所有事情都是这样，那文人之笔舌将被束缚，深刻的情感也无法优雅地表达出其风骨。即便是本名"博落回"亦未能成诗，这是给我的一个惊喜的提示。所以，我打定了主意，决定沿着这条路走下去，再往前去一探究竟。

1　畦田翠山：1792—1859，日本江户时代末期的博物学家。

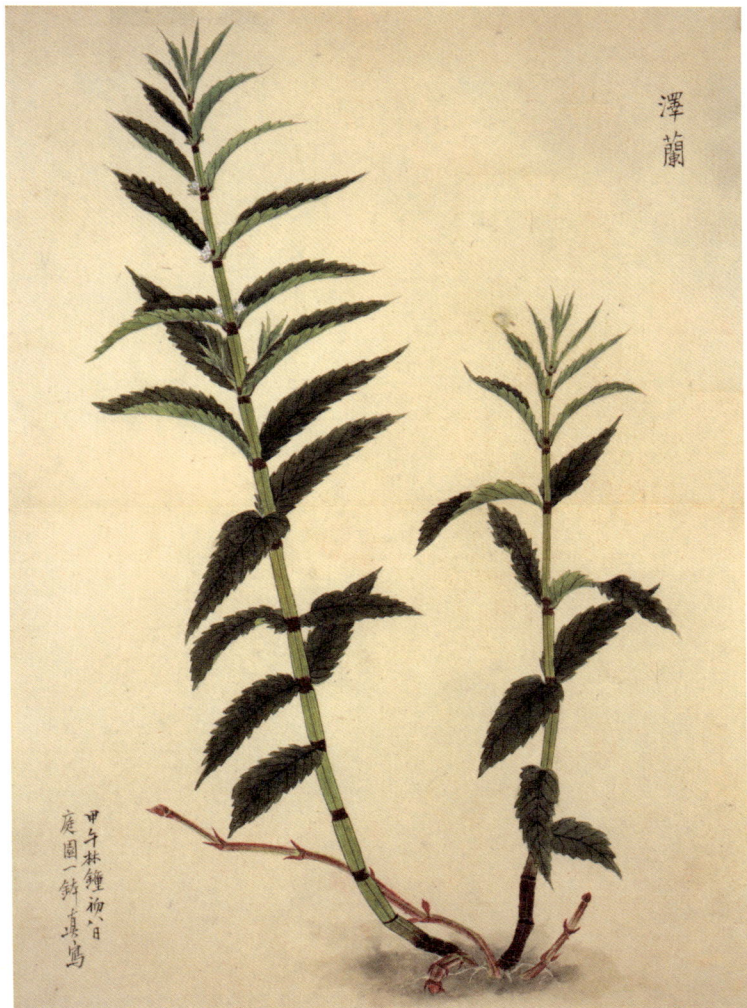

澤蘭

甲午林鐘初八日
庭園一鋤真寫

草木集

野瞿麥花

此者萬葉集秋七種ニ哥ニ詠
瞿麥ヲ是也

5

在为日语增添好词佳句这件事上，动物、植物学家也付出了努力，但由于他们很像散文家，所以无法谅解诗人之苦衷。无论在哪个国家，学名都不是人们称呼动植物的名称，在日本，由于人们过于苛刻细节，好比挖地洞都要挖出地下两三层，所以人们有时甚至创造出长达三十一个音节的名字，似乎要去以词汇的长度来一场竞赛。这就是那些不懂得语言和音韵的终极用途的人所做出的行为。在这样的前提之下，即使想要投票选出新的七草[1]，这样的选举也很难做到公正，因为人人都会更倾向于选择那些名字听起来高雅的草，这也算是人性难以避免的弱点之一吧。就这样，许多人会因为其名字过于俗气就放弃深入了解这些草的机会。相比之下，当地人起的名字大多更接地气。那些名称拗口、也未曾受到文人们吟诵的花草们，自然也不会被世人所熟知。相反，很多名称也可能是从诗歌的辞藻中诞生的。对花草的名称进行统计的话就会发现，大部分的名字一般有三拍音节，加上"草"字之后成为五个音节[2]，加上日

---

1 七草：日本有秋季七草之说，是当地秋天最具代表性的七种花草，包括胡枝子、芒草、野葛、长萼瞿麦、黄花败酱草、泽兰、桔梗。

2 日语中"草"的发音为"kusa"，两拍音节。

语之中的助词之后，最终组成四音节或六音节的词句。
带花或鸟的东西的名称也是如此，即便创造这些名称的
时候并没有形成所谓的法则，但那些组合在一起之后语
调不好听的词语，也很难得到人们的肯定。不适合放在
和歌里的辞藻，也许放在民间的诗歌或童谣里则刚刚
好，要探究这种现象背后的原因，恐怕得追溯到文字与
发音尚未分开的时代吧。

6

接下来还是回到关于竹似草的话题吧，在继续思考
这种草的名字究竟是哪里来的之前，我首先想思考为什
么人们有必要特意为这种野草命名呢。最常见的情况是
由于人们发现了它的功效，譬如可入药或可作为染料，
人们必须在山野中寻得这种草。"只要取这种草用来煮
竹子，竹子就会变软，易加工"，这种说法，至今依旧
难以置信，是否真的有人做过这样的实验来验证这个说
法呢，不加以确认的话就不能妄自下定论。又或者，即
使与事实不符，但古人也错信这种说法，所以为其取名

竹似草[1]。有的人认为，既然叫"竹似草"，那么只能如此解释，但在我们了解更多事实之前，我们无法断定是自己的祖先弄错了，没有充分的证据就妄下结论是不可取的态度。

所以，我们首先需要比较一下这种植物在不同地方分别被称为什么。它的另外一个别名"占城菊"并不多见。近来听到的名字是三重和奈良县分界的山村中称其为"ゴウロギ"，因为当地用拟声词"ゴロゴロ"来表示有着很多大石头的地形，所以这个名字的来源可能意指生长于大型石块上的植物。东京人和京都人似乎不太理解这个名称，但在日本很多地方，都用"ゴロ"和"ゴウラ"来形容土质中有很多石块的不毛之地，所以"博落回[2]"的"クラ"最初可能源自"岩クラ[3]"或者"クラシシ[4]"等词吧。日语中在区分单词用途的时候，似乎经常将一些不讨人喜爱的事物用笨重的浊音[5]来发音。我现在所处之地，人们将掺杂土的小石堆称为"ガラ"，只有大石块的地形则称为"ゴロ"，这两种说法

---

1 竹似草："竹似"日语发音为"takeni"，与"竹煮"同音，所以此处作者以煮竹子的说法推测"竹似"之名称的来源。

2 博落回：日语写做ハクラクカイ。

3 岩クラ：一种岩石。

4 クラシシ：羚羊，多生存于岩石众多的山岳地带，故作者联想到该词。

5 浊音：与轻音相对，指以 g/z/d/b 等辅音拼读的音节。

并没有太大的区别，但人们似乎觉得不同的发音能更加恰当地表示所指的事物。来自信州上伊那[1]的青年说，在他们那里，竹似草被叫作"ガラガラ[2]"，起初我以为这样的称呼是在形容这种植物在秋风中干枯后的样子，尽管这种感觉加上似乎也很恰当，但这种说法的起源依旧是生长于石头缝中的草。当竹似草长高之后，像树木一样，被叫作"ゴウロ[3]"树，以上的这些别称都很相似，即使不需要人们的口口相传，偶然间得名于岩石也是有可能的。

7

在越后[4]的西颈城[5]地区，这种草被称为"聋草"，此名称的来源尚未明确。也许本地人还记得命名的初衷，亦或许与福井县一带称芒草为"耳聋草"有关吧。事实上可能并没有人因为它而失聪，但这种名字就像"用来煮竹子能使其变软"的说法一样莫名其妙吧。不

---

1 信州上伊那：日本地名，位于长野县中部。

2 ガラガラ：有干燥的意思。

3 ゴウロ：日语中表示大型岩石很多的地方。

4 越后：过去，日本天武天皇将古越国分为越前、越中和越后。

5 西颈城：日本过去地名，位于现今的新潟县内。

知为何，人们总是对它心怀顾虑而不敢接近，所以人们便轻易地承认了这个名字。在下总国印旛郡[1]的草原上，这种草也被称为"小偷擦屁股"。这个名字单独听起来很是奇特和怪异，但过去许多笑话都涉及"屁股"一词。例如，龙须草[2]被叫作"骗子擦屁股"，龙舌兰则被称为"盗贼擦屁股"，而湿地里一种长满了细小的刺的刺蓼[3]被叫作"妈宝擦屁股"。在过去，人们如厕后用树叶或草叶来擦拭臀部，所以可能乡间的盗贼们将它来做此用了。如此繁多的别称，也许一开始就是在玩笑间被创造出来的。当然也有人会说，只有那些亲眼看见了用这种草煮竹子的过程的人才参与了这种草的命名，这样荒谬的理由大可不必花时间再去思考了。还有一种说法，来源于我的故乡，播磨[4]的部分地区方言中称其为"狼醉草"。据说是因为狼吃了这种草后会醉倒，只可惜很难确认这样的事情是否属实。狼吃草的情景本身就难以想象，更不用说如何去检验狼是否真的"醉倒了"这样的事实了。由此还会令人思考，如果竹似草的故乡是日本以外的国家，或者从很远的过去就已经定居在日本，那么就不会诞生这样的名字吧，伊势和信浓地

---

1 印旛郡：日本过去的令制国的地名，位于现今的千叶县。
2 龙须草（Juncus setchuensis var. effusoides）：也叫假灯心草。
3 刺蓼（Polygonum senticosum）：一年生攀援草本植物。
4 播磨：日本过去的令制国之一，现今的兵库县和神户县一带。

区将其用石头来命名也是同理。这种奇异的植物本来就生长在狼群栖息的地方，可以说是为生活在乡野做足了准备。但作为人类，首次与它们相遇的机会和情景都是不同的，就我而言，生活在日本的昭和时代，才开始逐渐发掘出生活中美丽事物的意义。诗歌的前景无量，但我们也需要更多地关注未知的大自然。一旦语言受到限制，习惯成为束缚的话，就会如同芜村[1]所说的"水盆中，茄子与黄瓜点头致敬"一样了[2]。

8

说刻薄的话，或是表达憎恨并不是我的本意。"占城菊"是它的另一个名字，"私语草"也是字典中认可的名称。这个别名似乎与它的样态并无关联，但听起来很美好。这样的名称能够引发很多想象。比如，枝头满是种子的枝条，如风铃一般，在风中轻轻作响，实际上，我甚至觉得自己亲耳听见了这种声音。然而，这些

---

1 芜村：即与谢芜村（1716—1784），日本江户时代中期的俳句诗人和文人画家。

2 这里描写了芜村第一次与俳句诗人青饭法师会面的情景，二人彼时都是光头，故用茄子和黄瓜比喻二人一见如故，交谈期间连连点头的场景。这里作者用此场景比喻不采用语言沟通，只使用肢体沟通的话，无法成诗。

胡
枝
花

只不过是我的幻想。现实中，它的种子被柔软的棉状外皮包裹着，静静地掉落。就像梧桐的巨大叶子一样，在风中也许会发出低沉的杂音，而不可能发出低声细语般的声响。关于这类称呼也必须与它在其他地区的别名做一番比较。在东京附近的相州津久井[1]的山村里，人们都把竹似草称为"竹烧草"。这一称呼的来源据说是因为远远地观望这种草时，连成一片的叶穗，很像竹子被

1 相州津久井：日本江户时期起使用的地名，现位于日本神奈川县相模原市
   绿区。

地
楡

暇夷産

丑　昌十五二日
寫

草類

烤焦时候的颜色，故而得名。不过，只要有一点格调的人，都可以故意将"竹似草"说成"竹烧草"，更进一步来说，对那些不喜拗口的文艺名称的人们来说，也许会更加偏爱"竹烧草"这个名称。不过，关于这个称呼目前还在哪些地方流传，我们现在还无法得知。如果只是在东京附近的人这么称呼它的话，那么将来随着这种称呼的广泛流传，也许也会随之诞生一些对这个名称的新的解释吧。关于这种名词和语言的普及和流传的现象，我也是很感兴趣的。

这几年，被我从自家庭院中驱逐的竹似草，移居到了西边隔着一条小路的空地上。那里的芒草逐年扩张生根，与其相伴多年的胡枝子、地榆[1]一起，欲将空地变回野外的草原。不过，在空地边上，有一处因为建筑施工，土壤被人为地翻动过，那里俨然成为竹似草的丛林，林立的姿态宛如竹林，所以"竹似"一称或许就是源于此吧。随着树梢的伸展，枝头都附着了棕色的细长花荚，让人联想到了山野中的小竹林。我似乎记得，竹子也会在某个季节里呈现出相似的色彩，但我不能完全肯定。总之，即使是这种被人们所厌恶的野草，在这短暂的两三天里，看起来也很美，此时的它与竹子最为相

1　地榆（Sanguisorba officinalis）：多年生草本植物。

似。在初秋时节，夜露深重的傍晚时分，我也会想要停下脚步来欣赏它们。更令我难忘的是，在清晨的拂晓时分，当我打开二楼卧室的窗户，眺望对面的风景，有好几次我都感到分外美丽。只可惜，一旦降雨或刮大风，瞬间就变得狼藉一片。郊外的早晨和傍晚，人们总是意外地忙碌，只有我的心情轻松，得以注意到了这番景色，但大多数的人们可能无暇欣赏。直到去年我的确是这样的心境，今年的夏天会变成什么样子了我就不知道了。

9

　　仅凭这十年以来的零星观察，显然是无法与现代植物学的专家们相匹敌的，现在，我基于前文中所提到的事实，擅自推测这种植物的历史和由来。竹似草最初的故乡应该是人迹罕至的山中，一旦发生山崩或水患时，它们的种子随风而来，并第一个在土地里生根萌芽。即使日本是一个地质活动频繁的国家，但这种植物凭借着在险峻的地势中也能随遇而安的本事，血脉得以延续。这几年，随着人类对土地的开发和利用越来越多，郊区的空地也成了开发的对象，而这些地方因为土壤被翻动、割裂，所以招来了这种植物。结果，在城市的周围，这种植物开始散发出所谓的异国情调。然而，人类与这种植物原本就有着相似的背景，这番景象只是被我们的冷漠所忽视了而已。我们的祖先原本也安居在山中的平地，他们的后代也未曾想到，人们会在这片靠海的平原上聚集、放浪。人类的强项是能够适应环境的变化，从而不断扩张自己的组织，人们改变了自己的生活方式，为新的事物命名，称赞新诞生的各种美德，以至于人们疏远了自古以来与大自然的关联，有时甚至会敌视大自然。在这样的背景之下，竹似草则开拓了一番天地，它们与人类的交流逐渐增多，人们对它们的称呼也慢慢地变得更加悦耳了。它们落寞的生活得到了人们的怜爱，逐渐走入人类的诗歌中，似乎也不是遥远的未来了。

路旁的草

寺田寅彦[1]

1　寺田寅彦：1878—1935，日本物理学家、随笔家、俳句诗人，著有《地球物理学》《风土文学》《万华镜》等。

为什么院子里不能长草呢？我无论如何都理解不了。

我认为，地上长出的植物没有哪种是不美的，

好不容易长出来的生物被毫不留情地连根拔起，我感到非常可惜。

入侵者

在郊外的村庄里寻得一块很小的地，盖一座隐居之所，每逢假日去那里呼吸新鲜空气，养心定神。曾梦想把荒地变成一整片花园，种满花草，但很快我便明白，这终究只能是一个无法实现的梦想。好不容易才长出新芽的花草，不久就被一根不剩地连根拔起，许是因为村里的孩童们能够自由自在地进入这处无人看守的宅邸吧。球状根等类的植物很轻易就能被拔走，但那些不起眼的小嫩芽也被仔细地拔出，丢弃在四周。有时生长得极其细密的新苗甚至还会被草鞋踩碎。经历了这番惨败的经历之后，第二年，我不再执着于花坛，干脆在杂草丛中不起眼的地方种些花草，但依旧徒劳。不知名的入侵者以惊人的灵敏度，像寻宝一样地找出它们，几乎一无所剩的将苗根都拔走了。比如向日葵和松叶牡丹[1]，那些隐藏在暗处的、即使是栽种人也难以再次找到的小苗，不知何时就被拔走了，令人诧异。如此细致的手法，可能是出自女孩之手吧。有一次，我独自去往那里，听到院子里有孩子们的声音，透过玻璃看到四五个十三岁左右的女孩，用竹竿在杂草里扎着什么，当她

1　松叶牡丹（Portulaca grandiflora）：别称大花马齿苋、半支莲、龙须牡丹等。

们发现我的存在时，只是互相看看，并没有露出惊讶或不悦的神情，当即便离开了。

但有意思的是，我发现有几种花和草是这些入侵者们不曾触及的：大波斯菊、虞美人草和小樱草[1]。相比刚长出两片叶子就被拔走的蜀葵[2]和牵牛花等花草，这三种植物不知为何避开了入侵者的掠夺，迅速地繁殖开来。两三年间它们便完全覆盖了地面，已经不再是几个小孩子能应付得了的了。起初我以为或许是因为这些花在当地很常见，对孩子们没有新鲜感的缘故，但事实并非如此。至少虞美人草在这一带的人家的庭院中并不常见，当地并不稀奇的日日草[3]反而被细心地摘走了。另外，同样不稀奇的大波斯菊也幸免于难。

我也曾想过，难道是因为入侵者们对这三种植物旺盛的繁殖能力有所了解，所以导致了这样的结果。但这种解释似乎也过于牵强附会了。

就像不同的花朵吸引各种蝴蝶和其他昆虫的能力也不一样，其中包含着很多人类尚未破解的秘密，同样地，各种花花草草对引发孩子们兴致的差异，或许也存在着其自有的、难以用言语描述清楚的秘密法则吧。

---

1 小樱草（Primula sieboldii）：此处指日本樱草，日本原生植物，为报春花科报春花属的耐寒多年生草本植物。

2 蜀葵（Althaea rosea）：又名一丈红、麻杆花。

3 日日草（Catharanthus roseus）：即长春花，夹竹桃科长春花属植物。

蜀葵

保三辰仲夏
六日真寫

虞美人草

寫 一天炙仲呂十五日

如果像昆虫学家们研究蝴蝶和蚂蚁那样去钻研这些小小掠夺者的习性，进行各种实验的话，想来必定十分有趣，亦十分有益。只不过我并没有太多的闲暇与热情。我只是想再等过一两年，当孩子们对我这个"东京人"的好奇心和反感都大大减少的时候，再次去追寻自己的"花园之梦"。

割草

有的人为了享受自己宅院内一根草都没有的环境，特意雇人把后院的各个角落都清理得干干净净。当我还小时，完全无法理解这样做的人们的心情。为什么院子里不能长草呢？我无论如何都理解不了。我认为，地上长出的植物没有哪种是不美的，好不容易长出来的生物被毫不留情地连根拔起，我感到非常可惜。

注视着旧城墙和荒地上茂盛生长的杂草，就会感到心情非常愉快。在那样的草地里躺着，听鸟儿歌唱，蜜蜂鸣叫，享受当下。每当看到油画中描绘着的破旧木栅栏和果树前的杂草时，都能使我心向往之。

记得是在东京有了房子之后发生的一件小事。一日，巡警来到家门前，告诉我说，家门前的墙根下长满了杂草，要我把它们拔掉。我一看，的确如此，腐朽的黑色木栅栏根底下，长满了各种草，青翠茂密，有的还开着小花，丝毫不显得难看。我甚至觉得这些草比木栅栏和墙外的水渠还要美丽。但警察提醒我要将其拔掉，所以我便照做了。

当我像其他人一样播下各类花花草草的种子时，我才开始理解杂草的纷扰之处。假如放任其不管，原本播下的花花草草便会完全败下阵来，无法生长。所以即使我对杂草感到不忍，也不得不将其拔除，我此刻才真正明白"杂草"一词的含义。

我在郊外盖了房子。春天一到，各种草长满了大地。有的草开花的时候显得非常漂亮；有的草则长得过于茂盛，甚至妨碍到了我步行的路径。假如放任不管，最终这些草可能会蔓延到屋子里面。这样一来，我切身地体会到了杂草带来的威慑力，所以我终于下决心去割草。

也就是在那时，我才知道原来用来除草的镰刀也分了很多种类。我向农民请教了镰刀的使用方法以及磨刀的技巧，最终开始了我的割草之行。

真正开始割草之后，才发现这可真是一个令人腰酸背痛的力气活儿。虽然感觉已经割了一大块儿，但起

猫狗草

草木集

身后竟然发现只不过才割出来一小块儿空地，失望无比。后来，随着割草工作进行的时间越来越长，我逐渐对割草这种劳作产生了兴趣，不再急功近利了。

用一把锋利无比的镰刀来割草，十分爽快。快刀斩乱麻，连根割起，就像抓痒之后止痒的瞬间一样，令人痛快。

不难注意到，各式各样的杂草，根系的生长状况也有着各自的特色。这让我不由得思考起它们采取这样形态各异的根系的目的究竟为何，这似乎也饶有趣味。同一片土地上，在不同季节里，不同种类的杂草似乎按照某种顺序，各自占领着这片土地，并且每年最为繁茂的草的种类也不尽相同，同时还得考虑人类对其干预所造成的影响……假如深入研究这个话题的话，可能会衍生出一门"杂草学"吧，随着话题的深入，似乎说不完道不尽，所以此处只简单地记录一些我脑海中浮现的问题。

杂草之中，也有一些与我们人工栽培的五谷、蔬菜以及园艺植物相似的种类。如果人们花心思去照料这些杂草，对其进行栽培和改良，繁殖几代之后，是否能培育出比粮食作物和观赏植物更为优异的植物呢？

长期以来被人类视为眼中钉，饱受虐待，但凭借顽强的生命力存活了下来的猫草[1]和相扑草[2]，假如突然将它们移植到温室中肥沃的土壤中，并施以各种强力的肥料，会产生什么样的结果呢？也许它们会因营养过剩而衰败吧。就好比人们在贫穷时有着硬朗的风骨，但变得富有之后，就变得软弱无能一般。也有可能这些杂草的果实会逐渐进化，结出与水稻和小麦一样甚至更好的粮食吧。

假如使用恰当的栽培方法，使其保留自身顽强的生命力的同时，又能结出饱满的果实，这样就再好不过了，这难道不是人们所期望的吗？那么，究竟有没有人"上当"，会按照这样荒唐的点子而尝试着去做这样的实验呢。

1 猫草：即狗尾巴草。
2 相扑草（Digitaria ciliaris）：正式名称为"升马唐"，是一种常见的杂草。因为日本的儿童会将两根升马唐绑在一起，各用力拉住一端进行力量的比试，故得名"相扑草"。

癸未庚則未百十日
後生圖真寫

狗尾草

德富芦花[1]

除草

1　德富芦花：1868—1927，日本小说家，著有《不如归》《自然与人生》等。

一旦放松警惕，田中便会长满杂草，我们的心田之中也会杂草遍生，
我们周遭的社会也是如此。我们无法将世上的杂草除尽，
哪怕使其销声匿迹，也并不能使我等人类走向幸福。

六、七、八、九月是农民与杂草开战的时节。奉行自然主义的天道，遵循万物生长、强者繁茂的自然法则。假如放任其生长，相比之下处于劣势的五谷和蔬菜将被杂草所吞噬。二宫尊德[1]所说"天道生万物，裁制引导乃人道"，亦拉开了人类与杂草之战的帷幕。

即便是老人、儿童，甚至是身患疾病之人，只要手持火把，都能对田边丛生的草丛发动猛烈的攻击。人们甚至节约了煮饭的时间，带上些许年糕作为干粮，悠闲地享用一杯茶亦成为奢望，大自然不会给予参战之人喘息的机会。

曾听农民们抱怨，"被草所攻击了"，人们不得不采取行动发起对草的攻击，否则草就会反过来攻击人类。

即使是拥有两反[2]田地、悠然生活、以农业为爱好的我，夏季和秋季也会遭遇来自杂草的猛烈进攻。早上起床后还未洗脸，就脚踩露水开始除草。傍晚夕阳斜照农田，依旧还在除草，无穷无尽。就这样持续劳动，次

---

1 二宫尊德：1787—1856，又称二宫金次郎。日本江户时代后期农政家、思想家。通过兴办信用金融事业，普及农业技术，对明治时期资本主义发展产生了很大影响。
2 反：日本过去的面积单位，一反大约等于991.7平方米。

日的白昼依旧继续除草。总算将杂草清除干净了，可是就在顷刻间，另一边又长出了新的杂草。人们总是抱怨说，假如没有杂草和昆虫，乡下的夏日时光令人喜爱。杂草是多余的东西，人为什么被迫成为除草机呢。除草是愚笨的劳作，如果放任杂草，让其与其他农作物自然的竞争，农作物也许并不会全军覆没，人们依旧可以收获剩下的果实。但看到眼前这番猖獗生长的情景，不除草也是行不通的。或者，当看到隔壁农家的田地里无杂草生长，干净极了，对比之下自己的田地宛如杂草丛一般，这也是不行的，因为不能给邻里增添困扰。

于是只能鼓起勇气，再次去除草。一根、又一根，拔走一根地里就少一根。即使杂草的种子是无穷无尽的，除走多少就会减少多少。用手除去田间的杂草，心田之中的杂草也被除走了。心如田，田如心，心中的杂草同样易生。一旦放松警惕，田中便会长满杂草，我们的心田之中也会杂草遍生，我们周遭的社会也是如此。我们无法将世上的杂草除尽，哪怕使其销声匿迹，也并不能使我等人类走向幸福。但假如放任不管，我等将会被杂草所埋没，我等需除草。为田地除草，为自我除草，为生命除草。无外患，则国亡；若无草，则怠农。

"汝负我言，偷食禁果，地必为你的缘故受咒诅。地必给你长出荆棘和蒺藜。你必终身劳苦，才能取食物

草木集

于地。[1]"

　　如是，《旧约圣经》将杂草视为上帝对人类的
惩罚。但实际上，这种惩罚实为对人类子孙深切的
祝福吧。

二

　　以务农为闲趣的人们往往为了美观而除草。一旦
下决心除草，他们就要认真仔细地、一根不留地斩草除
根。而真正的农民则更加聪明，因为他们知道彻底拔除
杂草会耗尽土地的精力，所以他们拔掉杂草后，会将其
埋在土里，或在烈日下晾干，用火烧成灰，再把草堆积
在一起进行发酵反应，最终将其转变为土壤的肥料——
将敌人驯化，使其成为人类的朋友。正如"年年樱花
落，花尘使土肥"，美丽的樱花落下之后，转变为樱花
树的肥料，这些无用的杂草亦然，它们死去之后，也会
成为土壤的肥料。水过于清澈便无鱼，杂草不生的土地
虽然看起来很干净，但同时，也会导致土地贫瘠，失去
生命的活力。我们必须知道，万物之本能不可泯灭，年

1　取自《创世纪》3：17、18节。

轻人走向错误的道路时，应引导其醒悟，而非抹杀他们。我们所有人都无法否定，在自己的内心深处，多多少少埋着几颗杂草的种子吧。

田间长着各式各样的杂草。有一种草轻轻地抓住就能连根拔起，并且还会散发出一股香气，这便是酸浆草[1]。这种草很矮小，茎呈现红色，看似顽强地弯着身子潜伏在地面，但它们的根实则很浅，一抬手就能将其拔起。还有一种无名草，既无叶也无花，在土地下一尺的阴暗处蔓延着，在人们看不到的地方伤害五谷和蔬菜。最麻烦的是"地缚草[2]"，它们开出像小黄菊一样的单瓣花，但蔓延得非常迅速，细如丝的藤蔓一拉就断，根则一直在地底下存活着。只要一点点的根部，它们就能在不到十天的时间内覆盖整个土壤。唯一的办法是用锄头深挖，小心地将其根茎摘取出来，才能彻底地将它们驱除，我等的一生中往往也会与这样的"草"相遇。

除草，需要赶在晨间的露水还未干之前，被露水沾湿，还未从睡梦中起身的草，用镰刀从侧面割过去就

---

1 酸浆草（Oxalis corniculata）：又称三叶酸，繁殖力很强。

2 地缚草（Ixeris stolonifera）：中文名称为"圆叶苦荬菜"，通过种子和匍匐茎繁殖。多生长于空地、路边、花园等处。茎沿着地面蔓延，在节上生根，长出新的植物，然后更多的茎生长和繁殖，在短时间内繁殖并覆盖地面，因此得名地缚草。

朝鮮酸漿草

同年如月初七日寫

草類

能轻松地将它们割断。想要一次拿下所有的杂草，最好是在立夏前十八日[1]的时候，用一柄又高又长的新月形的镰刀，顺势从一侧一路割下去。假如在梅雨季节除草，刚割完就会立即再次生出新草。而选在季节交替之前除草的话，被割断的杂草则很快便会枯萎。

虽然夏日里的杂草长势凶猛，但只需稍加留意，也能够控制住局面，真正可怕的是秋日里的杂草。种子飘散、生根、结出小小的花朵，之后便立即结出草籽，秋草的生命周期是极短的。尽管从草自身的角度看来，短暂的寿命是很悲伤的，可是人类一旦不小心将草籽撒落到地里，就会一发不可收，落地的草籽很难迅速被清除。漫步乡间，偶尔会看到已经锄好的沃土里，因为杂草生长得过于茂盛，导致作物无处栖身的情景。那是在去年的秋天，因主人身患疾病而导致无暇顾及耕地所造成的。

人类啊，除草吧，除草吧！

---

1 季节交替前十八日，在日本被称为"土用丑日"。

横光利一[1]

草丛中

1　横光利一：1898—1947，日本小说家、俳句诗人、评论家，著有《太阳》《苍蝇》《机械》等。

此时的草丛里湿度很高，所以草很柔软。天空明净澄澈，万里无云，白日里艳阳高照，炎热无比，所以夜晚的星空也非常闪耀。

我在远离村庄的地方，租借了一间寺庙，打算在那里度过炎炎夏日。寺庙的草地上有钟楼和塔一类的建筑。大大的门上钉了许多铁钉，夜里也静默地紧闭着厚重的门扉。塔顶的宝轮[1]之上，有鸽子驻足，这是一处静谧的山中寺庙。寺里的和尚尚在人世，但这时的寺庙里却空无一人，只有我独自漫步在其中。寺庙里既无佛坛，也无内殿，只有一座像平安时代贵族们享受的宽广的宅邸，背后的一个古墓旁边有一处古泉，涌出清澈的泉水，杂草在枯叶中绵延不绝地生长着。

当我前来借住于此的时候，负责看管此地的管家对我说：

"任由您的处置。"说完他便踏上了旅途，离开了。

每日，我都会登上钟楼撞响大钟，撞三次钟、拉十二次钟绳。其余的时间我都会待在洒满阳光的草地里，在高大的银杏树的树荫底下小睡，享受从湖边吹来的阵阵微风。

傍晚时分，村里的姑娘们聚集在寺庙门前玩耍，她们绝不会跨入寺庙之中。芭蕉叶缓缓地摇摆着，她们在底下爽朗地嬉笑着。明镜般的湖面映照在天空之上，天空也因此呈现出淡粉色，薄雾中的草地也显得愈发青

1　宝轮：也称为"九轮"，寺庙塔顶底座上方柱子上的九个环状装饰。

翠欲滴。姑娘们冲过凉后继续嬉笑打闹，一直到听到母亲的呼唤声后，才舍得散去。她们都有着京都女子的淑女气质，高雅美丽。浴衣上系着红色的腰带，长长的袖管随风舞动，她们聊着年轻人之间的话题，当我从旁走过，她们就会立即默不作声。

某日，K君跨过大海，远道而来。我很快便明白他之所以来到这里，是由于他与恋人死别，打算到此地抚慰悲伤而寂寞的心情。

"铃子是个很好的女子"，我说。

他沉默了许久，铃子是他恋人的名字。

"她温静而情深"，他答。

我蹲在高高的回廊上，注视着底下的苔藓，我看到脚底下的木板上的花纹，感觉很舒服，就这样静静地等待着夜晚的来临，蚂蚁也顺着柱子爬了上来。

"这真是一处好地方"，K君忽然说。

"我很中意此地，来到这里，我的身心自由。"

"那可真好。"

他光着脚跳到院子的石头上，信步朝着庭院的最深处走去，我赶紧跟了上去。穿过像帘子一样垂下的树枝丛，我们来到了池塘边上。藤蔓从杂草之中攀爬而出，挂在池塘之上，鲤鱼深深地将自己埋在水下。

"这里有些过于寂寥了"，K君说。

"有不少绿雉[1]"，我说。

"想必如此吧。"

他开始眺望起四周繁茂而昏暗的树林。一座长了苔藓的石塔倾斜着站立在草地里，竹林中传来猫走过的声音，我则注视着一棵高耸的松树。

"总觉得松树很寂寞，这是什么缘由呢。"

"穿堂风而过，松树更显寂寞。"

"孑然一身，长生不老，有点太过于艰难了。"

"树大抵都给人这样的感觉呢。"

"但我还是想成为一棵树……"

我们二人没有再往前走，就此折返了。我点了一根烟后把火递给了他，他则想要登高钟楼。我独自坐在冰冷的石阶上，看着蝙蝠们飞来飞去，背后的塔也在夜空中浮现了出来。

"哎，这个村子里，有爱慕你的女子吗"，他从钟楼上对我喊着。

1　绿雉：一种栖息在日本列岛的雉科鸟类，是日本的特有生物。

“没有。”

“有也无妨吧。”

“嗯。”

“这样僻静的寺庙，若有谁避人耳目来到此地，也很美妙。”

“嗯，你这不就来了吗。”

“去草地里吧。”

“可以吗？”

此时的草丛里湿度很高，所以草很柔软。天空明净澄澈，万里无云，白日里艳阳高照，炎热无比，所以夜晚的星空也非常闪耀。胡枝子的花丛中传来微弱的虫鸣声。夜色愈发深了，我们二人穿过大门，来到门后的土堆之上，他则坐到了高草丛之中。

“据说失去了爱人，人就会变得愚钝。”K君如是说道。

我担心再次引起他对离开人世的恋人的更多回忆，所以一时间不知道该说什么才好。空气变得清冷，从草丛望去，村庄中的火光在对面摇曳着。两只鸟穿过夜空，朝着塔的方向飞去了。

“你的父亲过世了吗。”

“是。”

“你夜里不会做梦吗？”

芭蕉

乙未四月廿日庭園
真人寫

"并不会。"

"在梦里见就好了。"

"是吗。"

"铃子就是这样继续深爱着我。"

"在梦境中吗？"

"是啊。"

"假如这样的梦能够一直做下去就最好了啊。"

"嗯。"

塔的对面，是我一位熟人家的房子。此刻窗户里还闪着一点亮光，可以清楚地看到挂在屋里的蚊帐。这家人的孩子许久以来，一直饱受病痛的折磨，他家门前拉着医生的人力车总是络绎不绝。微风温柔地吹过，轻轻地抚慰着平原，草叶在胸前沙沙作响。身着的和服被夜里的空气弄湿了，沉重地垂在肩上。我们二人都没打算站起来，K君几乎没有说话，我则望着病儿家那扇亮着灯光的窗户。过了一会儿，蚊帐里的母亲忽然起身，似乎偷偷地望向一旁的某个人。

"那边亮着的窗户，你看到了吗？"

"嗯。"

"现在似乎有人起身偷偷注视着什么。"

"嗯。"

"那是我认识的人家的小孩，因身患重病而卧床不起，不知道他会不会就这样死掉。"

于是，我们二人就这么从草丛中默默地望着病儿的房子，草间绿色的香气随微风飘荡到我们的鼻尖，头顶上的星星就像被利刃劈开一般划过天空，远处传来从远处归来的马夫的歌声。村庄逐渐睡着了，梨园的小屋中燃起了红色的火光。伸展双腿，草丛甚感冰凉，露水滴落叶片之上。

"哎。"忽然间，K发出了叫喊声。

"怎么了？"

"我与铃子曾经在这样的草丛中度过了美好的时光。"

我听罢，沉默了。

"彼时也是这样一个夜晚。"

他抱着头，似乎是嗅到了青草的气息，像杂草一样，倒在了草丛里。

草之亲切：
割草的气味

薄田
泣堇

于我而言，无论草是多么小、多么脆弱的存在，
它们都是蜷缩在大地之中的生命之眼，既有触觉，又有温度。
无论生命以哪种随性的形式表达自己，
每一个生命里都蕴含着美、光辉和力量。

文政七申年　初夏下旬三日
真寫

金萱

草木集

夏日傍晚，天空做出一副骤雨即将来临的模样。我急急忙忙地走在尘土飞扬的田间小道上，遇到一位正在忙着收割草料的农夫。草的气息浓郁极了，四处弥漫在空气中。我不由自主地放慢了脚步，像公牛一样张开大大的鼻孔，深深地将空气吸入肺中。

这股草的香气亲切无比，甚至无法用言语形容。站在草的面前，我的脑海中浮现出一种又一种草的名字，魁蒿[1]、萱草、野菊、长鬃蓼[2]、杉菜[3]、鸭跖草、酸模[4]……此刻，我不仅嗅出了草的思想——那即使被人踩踏、被人拖拽也依旧不停生长的生命之精髓，我甚至能够想象得出这些杂草的口感。也许我天生就像牛一样愚笨、正直和坚强，所以就赋予了我与牛一样的嗅觉。我甚至确信——假如我还有牛一般的胃脏，那么我可能就能像牛一样，做一个极端的素食主义者吧。

我对草的这股亲近感，究竟是来源于哪里呢。

于我而言，无论草是多么小、多么脆弱的存在，它们都是蜷缩在大地之中的生命之眼，既有触觉，又有温度。无论生命以哪种随性的形式表达自己，每一个生命里都蕴含着美、光辉和力量。天地万物之中，同草一

---

1 魁蒿（Artemisia princeps）：菊科蒿属的植物，生长于野外。

2 长鬃蓼（Persicaria longiseta）：也称马蓼，一种杂草。

3 杉菜（Equisetum arvense L.）：也叫"问荆"。

4 酸模（Rumex acetosa）：又名蓣蕧、蕧芜，有酸味，常被用作调料使用。

酸
模

乙酉始汉十五月
生鬱

甲申年八月廿三日
後闉真寫

馬蓼

般谦逊、质朴、诚实和坚强的生命体并不多。草对我来说，是一门"语言"，是一种时刻保持着动态的生命体，是一种奇妙的生物。草就像没有蹄的小兽，总是停留在同一个地方；也可以将草比作没有声带的小鸟，时刻保持着静默。

但我对草的亲切之感，绝不仅仅发源于此。

我从小就是在草丛中长大的，更准确地说，是草陪着我一起长大的。我小时候生活在乡下的一个寂静的村庄里，玩伴并不多。每当和这些为数不多的朋友们一起玩耍时，我们总会来到草地里。当朋友不在，我独自一人的时候，我会像兔子一样在草地里翻滚。当草丛中开满鲜花，结出果实的时候，我也可以和它们一同玩耍。我用手指吸附起洋金花[1]玩耍；或者轻轻地触碰草果，有时果实们会像蟋蟀一样轻轻地发出鸣叫声，从豆荚中弹出酸浆……对孩童时代的我来说，奇妙无比。就这样，我在草丛中不知度过了多久的童年时光。

草丛里还藏着种类繁多的昆虫们。蝈蝈、地蛛[2]……且看草丛里那像军人一样在尾部佩剑的蝈蝈、长着胡须一脸嫉妒的蟋蟀、装模作样的螳螂、滑稽的放屁虫、蝼蛄、蚯蚓……这些生活在童话王国里的国王

---

1 洋金花（Datura metel）：多数生长于湿润向阳的地带。

2 地蛛（Atypus karschi）：分布于日本和中国大陆的一种蜘蛛。

和仆人们在草丛里忙忙碌碌，同时又悠然自得。拨开草叶，折弯草茎，窥探这些演员们在背地里上演的戏剧，对我来说，是一场无法抗拒的邀请。昆虫们的静谧，昆虫们之间的亲密、打斗、舞蹈、征讨敌人……这一切都令人着迷。当它们发现我在偷看时，便会惊慌失措地一哄而散。性急的小家伙还会叮咬我的手指，或者用它们那细细的腿踢向我的额头。

有一次，我和上田敏[1]先生一起在京都御所[2]的花园里散步，花园的草坪上，刚刚长出来的新芽在阳光下美丽地闪耀。喜爱法国的上田先生看到这一景象，立刻勾起了他对法国的回忆。

"日本的草的触感比较生硬。法国原野上的草则相对柔软，而且几乎看不到昆虫，所以法国的草地很舒适。"

听到这番话，我忽然发觉，这位在城市里长大的学者，与在乡村出生的我之间，在对草和昆虫的观感上存在着很大的不同之处。虽然有时昆虫会叮咬我的手指，蛰伤我的肌肤，但它们依旧是陪我玩耍的伙伴。

不仅昆虫，有时草也会向人类露出"白牙"。萱

1　上田敏：1874—1916，日本评论家、诗人、翻译家、英国文学学者。
2　京都御所：地名，1869 年迁都东京前的日本历代天皇皆居住于此。

草木集

草那剃刀一样锋利的叶子，曾多次割伤我的手指。蓟[1]
的刺也曾多次刺破我的掌心。然而，无论何时何地，当
我看到这些草时，我都会称呼它们，

"嘿，朋友……"

我从未失去这种亲切地呼唤它们的冲动之情。即使它们沾满了尘土，或被牛的小便浸湿，我也毫不在意。

玩耍的对象、任我玩耍的草；成长的我、使我成长的草。——我与草之间正是这样亲密无间的关系，因此在傍晚时分，阵雨即将来临的乡间小路，偶然闻到了被割下的草之香气，情不自禁地在此地停留了一会儿。

像箭一样的银线划过天空，豆大的雨点落了下来。农夫慌忙地背起草料跑了起来，我也跟在他的后面跑着。

---

1 蓟（Thistle）：蓟花或蓟，是一类被子植物的通称，其特征是叶子边缘有尖锐的利刺，以保护不被植食性动物吃掉。

刺薊菜
救荒本草

比
二薔寫圓

薄田泣堇

树木之不可思议

将所有事都交予大自然，不过分去干预，乃最佳也。

1

今日，冈山的朋友 G 先生久违的来访了。他为我带来了一筐梨作为伴手礼。梨用双层的薄纸精心地包裹了起来，剥开纸后，露出了已经熟透了的黄梨，这些黄梨个头不小，表面光滑，看起来十分新鲜。

我原本就很喜欢吃梨。我赶紧剥了一只吃了起来，果肉细嫩，齿间口感清脆，在口中轻盈地融化了。

"真好吃啊，这梨。我今年夏天在京都、奈良、鸟取等地的果园都品尝过梨，但从未吃过这么好吃的。"

"的确很美味，大家都这么说……"，G 先生很满意地说着，嘴角扬起了微笑。"这梨中聚集了一股很神奇的力量，所以当然好吃了。"

"神奇的力量？"我疑惑地看着 G 先生的脸。

"确实很神奇，你听我讲来。" G 先生很平静，不紧不慢地讲述了起来。

梨

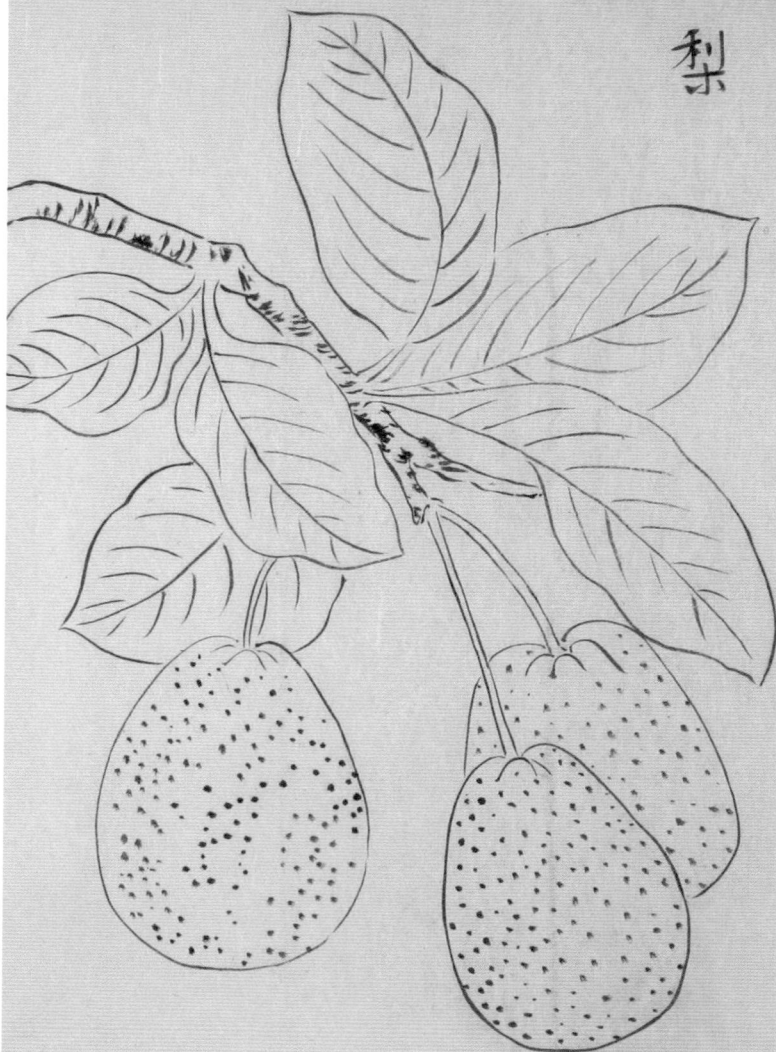

梨

2

冈山往西一里半左右的乡下，有一位农夫，坐拥广阔的梨园。不知为何，每年梨花开得十分茂盛，但结出的果实却甚少，即使长出果实，也会在熟透前被虫子蚕食，所以最终的收成少得可怜。连年亏损使农夫心灰意冷，于是他打算干脆将梨园的土地重耕，种些别的农作物。于是，他便像往常一样，去向神道教的一处教会里的导师征求建议。当然，农夫原本就是那所教会的信徒。

农夫向导师娓娓道来，导师听罢，面露难色地摇了摇头。

"现在还不是翻耕梨园的时候。你应该多加祈祷。"

"我一直在祈祷。"

农夫的话语中透露出一丝不满。

"你是怎么祈祷的……"

"神啊，请保佑我的梨园……"

农夫似乎有些胆怯，话语在口中吞吞吐吐，导师没有听清。

"你的梨园？我们世人本不应该拥有这样的东西。我曾告诉过你，一切都要归还给神，你已经忘记了吗？"

梨花

同春翌朝洗硯真寫

果太郎

听到这里，农夫将双手放在膝上，低着头，静静地陷入了沉思。过了一会儿，他说："我明白了。是我的错。"

他恭敬地向导师道别后便离开了。

从那日起，农夫的心境里空无一物。他将一切都归于神。每天早晨，他带着剪刀和铁锹去梨园，站在树下祷告："神啊，从现在起，请让我在您的梨园里工作。如果梨树结出果实，有多余的，请在被小偷和虫子夺走之前赐予我一些。"他虔诚地祷告着。

他改正了之前那般随意处置梨园的态度，心中深知，自己只不过是受雇于此而劳作的贫苦农民。他以谦卑的心态，将一切都交给大自然，自己则作为大自然的雇佣者为梨树除草、施肥。

农夫改变心态之后，心里仍怀有些许不安。不承想，次年夏天，梨子丰收了，他见证了这奇迹般的景象，内心惊叹不已。这些不被期待地、曾想要重耕土地并将其焚烧的梨树，如今竟挂满了累累硕果，果实个头也很大，几乎要将枝头压弯。

3

"我所说的神奇的梨，说的就是这个故事。"

访客 G 先生一边说着，一边从他带来的水果篮中取出一只梨，没有剥皮，直接咬了下去。

4

过去也有一个类似的故事。室町时代¹，有一位名叫"又四郎"的庭院建筑名师。有关于庭院建造，无论过去还是现在，大部分人都只知道一些常见的样式，但又四郎则与此不同，他既精通于以文字形式进行记录，又擅长将恰当的理论应用于建筑施工。有一次，又四郎受一间寺庙的邀请，建造一座假山。住持想看看他工作时的样子，便来到庭院里。可是令住持感到困惑和不可思议的是，瀑布的源头居然位于西边，住持感到困惑不已。

"把瀑布的源头安置于西边是不是不妥？任何东西的源头应该都位于东方才合理吧。"

1　室町时代：1336—1573，上承镰仓时代，下启安土桃山时代。

"您说得对，普通的庭院建筑中，将瀑布的源头设置于东边，是一个惯例。"又四郎接着说，"但那是普通民宅的庭院。如果是寺庙的庭院，瀑布的头部应该设置在西边更加合适。因为古话说'佛法东渡[1]'啊。"

"佛法东渡啊。这么说的确有道理。"住持听罢笑道，遂接受了这个解释。

同一时期，有一位名叫兰坡和尚[2]的禅僧。为了给自己的寺院内增添几许风情，便种植了五六株枝繁叶茂的松树。可是过了一段时间，他发现松树的叶子开始变红、枯萎。和尚听说，酒对枯萎的松树有药效，但酒也是他个人最钟爱的东西之一，所以即使是为了松树，他也不愿意把酒让出。和尚与又四郎私交甚密，故他向又四郎寻求建议。

"正如你所见，这株松树已经开始枯萎了。有没有什么好的方法可以将其治愈呢？"

"可以称得上药的东西有很多种，但其中并没有哪种是有特效的……"又四郎抬头望向枯红的松树，冷冷地答道。

"没有特效药么，那可真是令人头疼呢。"和尚郁闷地摇了摇圆圆的脑袋。松树也似乎无力地发出叹

1　这里指的是佛教由印度逐渐向东传播至中国、朝鲜半岛、日本。
2　兰坡景茝：1419—1501，日本室町时代中期临济宗梦窗派僧侣。

息，轻轻摇动了枝条，叹气吹过了和尚的头顶。又四郎说："比起药物，更加有效的方法也是有的，只不过这是我的秘密，不轻易告诉他人。"

"是吗？听见秘密这两个字，我更想一听究竟了。"

"和尚，秘密就是经文里的句子啊。"又四郎嘴角微微浮现出笑意。

"经文的句子。是哪部经？"和尚的眼睛里充满了好奇。

"《观音经》中的'澍甘露法雨，灭除烦恼焰'。将这句经文写在纸上，悄悄地埋在树根下，灵验无比。即使已经枯萎的树木颜色也会再次变得青翠起来。"又四郎声音低沉，仿佛害怕被快要枯死的松树听到一样。

"竟然是这样，你真是教了我好东西。"

和尚大喜，急忙回到自己的房间。不久后，他用手掌捧着一张叠好的纸出来了。

"又四郎，麻烦你把这埋于土中。"

又四郎接过纸片，轻轻展开看了一下，便立即还给了和尚。

"和尚，澍甘露法雨的'澍'字错写为'树'了。"

"哎呀，我竟然犯了这样的错误。"

和尚摸了摸头，大笑起来。

很快，和尚就将错字改好，之后由又四郎亲手将其埋于松树根部，然后便任其发展了。

不久之后，枯萎的松树，颜色竟逐渐变得青翠了起来。

5

将所有事都交予大自然，不过分去干预，乃最佳也。